张炜中篇系列

蘑菇七种

张 炜/著

人民文学出版社

图书在版编目（CIP）数据

蘑菇七种/张炜著．—北京：人民文学出版社，2018
（张炜中篇系列）
ISBN 978-7-02-014610-9

Ⅰ.①蘑… Ⅱ.①张… Ⅲ.①中篇小说—小说集—中国—当代 Ⅳ.① I247.5

中国版本图书馆 CIP 数据核字（2018）第 225133 号

责任编辑	李 磊
装帧设计	崔欣晔
责任印制	徐 冉

出版发行	人民文学出版社
社　　址	北京市朝内大街 166 号
邮政编码	100705
网　　址	http://www.rw-cn.com
印　　刷	中煤（北京）印务有限公司
经　　销	全国新华书店等
字　　数	82 千字
开　　本	880 毫米 ×1230 毫米　1/32
印　　张	6.125　插页 2
印　　数	1—5000
版　　次	2019 年 1 月北京第 1 版
印　　次	2019 年 1 月第 1 次印刷
书　　号	978-7-02-014610-9
定　　价	39.00 元

如有印装质量问题，请与本社图书销售中心调换。电话：010-65233595

张　炜

当代作家。山东省栖霞市人，1956 年出生于龙口市。1975 年开始发表作品。

2014 年出版《张炜文集》48 卷。作品译为英、日、法、韩、德、塞、西、瑞典、俄、阿、土等多种文字。

著有长篇小说《古船》《九月寓言》《刺猬歌》《你在高原》《独药师》《艾约堡秘史》等 21 部，创作有中篇小说《蘑菇七种》《秋天的思索》等若干。

目　录

蘑菇七种　　1

附：
童年之梦
　　——关于《蘑菇七种》　　189

蘑菇七种

一

叫"宝物"的是一条丑陋的雄狗,难以驯化。它的品性实际上更接近于狼。给它取名字的人是这方世界的君王,叫"老丁"。它从小就皮毛脏臭,脾气凶悍,咬死了很多同伴和猫。有的雌狗赶来与它亲近,也被它咬伤了。很多人想打死它,都没能得手。可老丁的话它句句听,二者之间心心相印。老丁说:"宝物,你遭嫉了。"它的恶毒的眼睛湿润着,盯着这个像石头刻成的老人:消瘦矮小,额头鼓鼓,口是方的,张开很大。智慧的主人哪,英勇无敌,威震四方。

宝物细绳般的小尾巴摇了三次。老丁被烟卷烤黄的食指翘起来，刺着头顶短短的毛发。

天色暗下来时，宝物出巡了。

这片林子永远是水汽淋漓，天地蒙蒙；青蛙乱蹦，河蟹飞走，长嘴鸟儿咕咕叫唤。宝物跑着，浑身的皮毛不停抖动。有一次它被树隙的蛛网挡了一下脸，就愤怒地跳起来。蜘蛛给逮住了，接着被"咯嘣"一声咬碎了滚圆的肚子。它大叫着发出咒骂。可它不知咬死的是一只剧毒蜘蛛，毒液正渗进它的嘴角。

一个黑面高个子背着枪转出来，笑着叫它。它像没有听见一样跑起来；跑了一会儿，又突然止步仰脸，鼻子"蓬蓬"地闻着什么。一些姑娘们挎着篮子走出来，见了宝物吓得尖叫奔跑，蘑菇撒了一地。它向前追逐，直把她们赶得很远很远才转回来——一个面孔白净的年轻人正用一根柳条串起姑娘们丢弃的蘑菇。宝物撒一点尿，走了。

暮色苍茫，树影如山，宝物出巡了。

它的三角形脑袋被树叶上的水珠弄得湿漉漉的，残缺的牙齿从紫唇间露出来，昂着硬邦邦的长鼻梁。

星星还没有出来的这一瞬间,一股滚烫的热流在它毛发间涌动。那是一天的映照蓄成的电火,凉风摩擦着毛皮,电火就在身上爆开。它像被一些细线勒住了,不停地挣吼,向着夕阳沉落的方向奔跑。回返途中,它遇见什么就想咬死什么。那些不知道在宝物出巡的时刻回避的蠢物,理所当然地要倒霉了。它的鼻孔吸进一万种林中气味,让其徐徐地流入,小心辨别。蘑菇的味道最清晰,它们的形状、颜色,都如同看到一般。它在林中生活多年,跟老丁学会了吃蘑菇。老丁有神力啊,无所不能。它离开那个枯瘦的老头,脾气总是坏透了。毒蜘蛛的液汁更深地渗入,它吼着在原地转了一圈。一只刺猬急急地从灌木中钻出来,球成一个刺蛋。宝物将它埋起来才往前走去。它登上一处沙丘,前腿直立,小灰眼珠瞄向四方。五棵最高的杨树,加上五棵黑色的橡树,等于十棵。它跟老丁学会了一位数的加法。土丘下边白沙如雪,绵软可爱,曾有一对狗男女躺着聊天。他们都是林边小村里的人。还有个雌狗叫皮皮,总是打了红脑门,宝物差一点爱上它。皮皮窜到林子里,那时宝物凶猛地扑上去，咬豁了它一只耳朵。小皮皮滴着血汁，哭着跑了。这个小林场啊，一主三仆，还有一个宝物。它有着统揽全局的气魄，兢兢业业。老丁香甜的鼾声使它无限幸福，醒来时静静倾听，睡去就做关于老丁的梦。它知道老丁对它有多么好：据理力争，硬是从总场场部要来了它的口粮。原先宝物一无所有，总场场长申宝雄虽与它同占一个"宝"字，却无一丝同情。老丁力争不懈，宝雄才算松了手，每月从手缝里撒出十斤粮食。它吃着官粮，没有月薪。这都是老丁的神勇啊。智慧的主人，英勇无敌，威震四方。宝物在林子里奔驰，热汗横流，万难不辞，只为一人守着疆界。

毒蜘蛛的毒液渗入了胸部的脉管。巨大的、难以忍耐的烦躁在胸部漫开，恨不能撞倒一棵橡树。这林子里有毒的东西可真多，连蘑菇也有毒。吃了毒蘑菇就算活不成了。老丁认得它们，总是用两个手指夹住扔出来。"毒蘑菇演化出的故事万万千，俺宝物也通晓一二三。小村里驻队干部中有个公社女书记，满脸横肉有黑斑。只因搞上了参谋长，把毒蘑菇放进丈夫碗。丈夫贪吃又贪睡,半夜三更一命归西天。参谋长领人把案破,说小案一桩有何难,无非是革命干部误食毒蘑菇,自古天下美事难两全。久后遗孀有厚福,说不定招个贵婿进庭院。女书记闻听破涕笑,说化悲痛为力量革命路上一往更无前。这就是民间事那么小小一段,日月风尘埋下了沉冤。"宝物那时候正处于患难之时,它无意中向黑洞洞的那个小屋里瞅了一眼,就看见了参谋长和女书记。女书记把几颗花顶毒蘑菇揣进了衣兜。宝物承认女书记干得漂亮,嫉恨得牙齿格格响……蜘蛛毒液渐渐涌入了心脏。它尖叫一声倒下,两爪插进土里。灰眼里有什么闪了一下,将熄未熄。幻幻的蓝影儿在眼前飘着,飘着。它的头昂起来,又重重地耷拉下去。它看见林中小屋蒙在一片蓝色里,老丁蹲在宽大的锅台上,手持小木锨搅弄热气腾腾的铁锅。他周围有三个人,伸长了脖子。哎哟,好鲜的蘑菇的气味啊,好馋人的气味啊。这蓝色使四个人像金属制品一样,他们机械地活动,手脚关节的折动嘎嘎有声。老丁唱起了下流的歌,木锨搅动不停。也只有他亲手做成的汤才如此诱人。白色的蒸汽往上冒着,与一种蓝色汇到一起,又渐成红色……蓝色终于全部褪尽,黄色和红色弥漫起来。最后,所有的幻影全不见了。那个毒蜘蛛的阴魂绕着它回旋三周,无可奈何地要离去了。"这就是民间事那么小小一段,日月风尘埋下了沉冤。"它恶狠狠地盯着蜘蛛的阴魂。

二

老丁手里的木锨像一支橹桨,摇啊摇,铁锅里面起波澜。一边的三个人咽着口水,咂着嘴。"文太!黑杆子!小六!"老丁在锅台边唤了一句,他们立刻应声:"哎啦!"老丁又摇了一会儿,向一旁伸伸手,白脸文太赶忙递过去一个黑色小瓷瓶。老丁握紧瓶子,照准锅心就是三甩。文太转脸看了看其他两人,朝锅台边的老人一竖脑袋。黑杆子咧着大嘴,抄着手,快乐地蹲下又起来。小六脸色苍白,眼睛不停地动。黄色的玉米饼撂在一边的一块木板上,冒着热气。这个夜晚不用说有一顿好饭：喝蘑菇肉汤，吃玉米饼。老丁要喝酒，那是一种味道纯净的瓜干酒。如果老头子高兴，也许会分给三个人每人一口。黑杆子白天在林子里打到了一个猫头鹰，文太和小六认为它的肉不能食用，被老丁呵斥了一句。它的肉与蘑菇配在一起，味道诱人。老丁的话从来没有错过。汤熬好了，老头子从锅台上蹦下来，热汗涔涔。他唱着歌，文太和黑杆子不停地笑，老丁于是更起劲地唱。小六脸庞木木的，老丁就在唱词里加进了一句骂他的话。小六的脸红了一下，接上又白了。文太提议开饭吧，老丁瞅瞅屋外的黑夜，又歪头听了听说："宝物许是遇上了麻烦，它早该返回了。罢，不等，开饭。"话一停，黑杆子抄起大铁勺，在四只碗里一一点过。有一个印了金边的大碗里蘑菇多汤儿少，不用说是为老丁准备的。老丁说吃吧吃吧，饭后再不见宝物，那么黑杆子就掮枪出去找找吧。他说着大喝一口，又到身后黑影里摸出了一个酒瓶。酒香一下子散开来，文太激动得手都抖了，呼出一声："丁场长……"小六狠狠地盯一眼文太。老丁一抬手拍了一下文太的肩膀："喝口喝口。"文太抱住光滑的瓶子吮了一大口，咕的一声咽下，愉快地大喘。黑杆子起身点燃了桅灯。黄色的亮光罩住了小屋，四人围坐着，脸色通红。小六嚼玉米饼的样子很怪，左腮总是凸起一个拳大的瘤。老丁说："六儿牙口不好。"大伙都笑了。牙口如何如何，一般指牲口。

这片林子属于几十里地之外的国营林场。十年以前老丁一个人在这小屋里看管林子，总场为了加强管理，又派来三个工人。老丁自封为场长，而总场方面只将他们四人唤作"林业小组"，并临时指定小六负责。小六十四岁上入过团。四人当中，只有小六衣兜上有支无水的钢笔。老丁吃饭时常常托物言志："南边那个小村里有个花狗，狼狗样儿，两耳竖起几寸高，龇着牙瞪着眼。有一回它和宝物争东西，都替宝物捏一把汗。宝物又瘦又小没神哩。谁知它三两下就把花狗干倒了。人狗一理，切莫让装出的模样给唬住。"文太接上："老丁场长所言甚是。您老经过万水千山，烽火连天，然百炼成钢。就不像一些小人，鸡肠狗肚，阳奉阴违，必欲置人死地而后快。"文太在总场时读过很多有"毒"的古书,并且常常背诵书上的话,引起了总场办公室秘书的嫉妒。秘书告到场长兼书记申宝雄那里,文太就给贬到了这块僻远的林子里。黑杆子听了文太的话哈哈笑着,十分快意。他听不出两人的意思,但知道是冲小六去的,就笑。他原想笑过之后会得到一口酒,但老丁并未慷慨到这个地步。黑杆子像文太一样对老丁入迷,任何情势下都不会恼恨。他咂了咂嘴,觉得这个夜晚稍微有些寒意。刚来林子里不久,老丁就将自己的十七斤半重的土枪送给他,说:"你负责武装吧。"从此他就枪不离身。武装多么重要,谁都知道枪杆子里面出政权,而老丁竟然把枪杆交给了自己这样一个莽汉。他一时无语,唯有感激。

"这种蘑菇可是稀罕。你们看它什么模样?细脖儿小脑,像肥豆芽儿。这叫'小砂蘑菇',味儿最鲜。我在这林子多少年,这种蘑菇可吃不多。嘿哎,文太你哪里整来这么多?"老丁用筷子夹住一个蘑菇。文太说:"我知道丁场长的口味儿在哪里——就不厌其烦地采找……"他讲到这里觉得有一对冷冷的目光射向自己，一转脸，见浑身被夜露湿透的宝物突然出现在黑影里。他的腮肉抖一下，急急说："宝物回来啦，回来啦。"老丁搁了酒瓶，着腰踱过去，伸手撩起它的下巴看着。宝物僵硬如铁，纹丝不动。"宝物！"老丁大喝一声。宝物洒下了两滴泪水。老丁大惊，严厉地扫了三个人一眼，说："你们谁欺负它了？"三个人都摇头否认。老丁沉思半晌，点点头："它受调弄了，我知道。可怜的狗。它就是不会说话罢了，它有肚量啊。一条好心眼的狗。"他说着倒了一点汤汁，又小心地掺了三滴酒，送到宝物面前。宝物闻了闻，眼前又掠过一片蓝色。"无非是革命干部误食毒蘑菇，自古天下美事难两全。"那个恶毒的猫头鹰曾经怎样诅咒过它呀，眨眼竟成杯中羹。它快乐地饮了一大口，品着一种熟悉的气味。这气味多少有点像那个公社女书记身上的味儿，于是它怀疑是同物异形，暗中盘算准备私下一访，去看看那个女干部还在不在了。它要从参谋长的屋里搜索起来。说不定参谋长也是个善于使用毒蘑菇的角儿，如果那样女干部真的要倒霉了。宝物很快地、心事满腹地喝完了蘑菇肉汤，抿抿仍然肿胀的嘴唇，退到一边看着四人进餐。除了小六以外，其他人都吃得大汗淋漓。老丁把金黄的一个大玉米饼放到膝盖上掰断，取了一半咬着。他像个满口钢齿的小型机器，在吞噬金块儿。他把酒瓶儿放在左脚边上，不时拾起来呡一口。小砂蘑菇被他夹住，先咬去小圆顶，再咯咯地嚼掉茎子。"美味啊！先记文太一功。"文太摇着手，瞥了宝物一眼。宝物只用左眼看着文太。老丁又唱起歌来——宝物出巡归来了，老头子安心了，歌声自由自在。他把京剧和民间小调掺在一起，一会儿昂扬刚烈，一会儿涓细温柔，净唱些古怪的传闻。所有人都差不多吃饱了，跟老丁一起快乐。老丁一边唱一边又摸出那个制成不久的特大烟斗。黑杆子抓上烟末，文太划亮火柴。他吸一口，哼一句，断断续续地诅咒着一个小人。宝物忍不住兴奋活动了一下前爪，不停地瞅脸色阴沉的小六，突然老丁伸手一指宝物说："嘿，笑了笑了。"宝物真的在笑，那颗残缺的牙齿都露出来了。"要想人不知，除非己莫为。你说呢文太？"老丁笑眯眯地问了一句。文太一拍膝盖："那是当然的了。"他又推拥一下黑杆子，重复一遍："当然的了。"黑杆子看看小六，鼻子里发出"哼"的一声。他背上枪，暗里跟踪过小六，让老丁知道了，被老丁好一顿训斥。老丁说："六儿也不易哩，由他做吧。"不久文太去小村的小卖部取酒，老七家里告诉文太一些事情，让他捎话给老丁，说小六来买走一片炮制墨水的颜料。老丁恼了。他料定小六要把墨水灌到那管笔里，向总场写点什么。那个估计不错，因为半月之后总场派来了工作组，场长兼书记申宝雄亲自挂帅。一时间黑云翻滚，天低云暗，虽然撼山易，撼国营林场一分场难，但也总嫌麻烦。事后老丁让文太去总场活动，历尽艰辛才搞来小六报的黑材料。老丁目不识丁，让文太读了读，开头几句就差点让老头子昏厥过去。老人冷静了两天，对文太说："怎样对付这个，我考考你。"文太半晌不语。老丁说："还亏了是个读书人哩。对付这个容易哩，我党有个好办法，就是把阴谋变成阳谋。公布黑材料吧。"文太无比钦敬地看着老丁。第二夜，他们趁着小六不在，捻亮了桤灯，将黑杆子召到屋里，让宝物端坐到它的位置上。文太一字字念起，大家一声不响。宝物坐在黑杆子左边,面色极为冷峻。

那个秋夜的风声至今响在耳边。那个秋夜猫头鹰凄怆地叫着,一直伴着文太的朗读声。宝物听不明白,但愤怒与时俱增。如果老丁有令,它将把那个黄脸青年撕碎。它用舌尖舔着残牙。想不到小六白纸黑字,如此凶狠——敬爱的场部领导党的组织见字如面,一共青团员在遥远的这里谨向您致以革命崇高敬礼,并同时汇报当地惊心动魄的斗争以及全面腐化的可怕现实。有人即老丁野心勃勃目无领导,不顾上级三令五申私自称林业小组为一分场并自封场长。革命职工敢怒而不敢言并且渐渐同流合污。本人早年入团宣誓响彻云霄,独自奋战,死而后已。这里虽然环境险恶民不聊生伙食很差,如每顿饭三两粗粮二分菜金,但尚有野菇可补其不足。最难忍受修正主义磨刀霍霍,狼狈为奸。他们让黑杆子掌握反革命武装,火药味很浓。这里还养了一条资产阶级走狗,取名宝物,向人民咬牙切齿。总之,这里已是一个针插不进、水泼不进之独立王国。是可忍孰不可忍的还有,老丁与当地民众间不三不四者勾搭,多次密谋,不可告人的勾当我看也有。老七家里与老丁过从甚密，中间由文太奔走。注：老七家里即一四五十岁民妇，相貌一般，性情残暴，成分在中农与贫农之间（待查）。她现为小村代销店售货员，以职权之便私销老丁等人干蘑菇，付以烧酒。烧酒作为资本主义货物，上级早已列为控制商品，但老丁从小店倒卖大宗。他们整日借酒浇愁，谈论黄色下流至极。上层建筑舆论阵地要占领，他们还借机散布不满情绪，今不如昔，拒不组织上级及党委多次布置的文件学习心得体会，不办墙报，不开展政治。老丁与老七家里究竟如何，仍在观察。是否有染，难以断定，因为并未亲眼看见。更为可恶的是，老丁散布谣言，将驻村女干部与一参谋长强加于人。注：众所周知，谁反对解放军就是反革命；军民团结如一人，试看天下谁能敌？且女干部为人和蔼，不笑不说话，早年曾为全社先进人物，学生时期就有突出表现，如用手捧牛屎至庄稼地等。总之此地已成反动黑窝，本人虽然坚定，但毕竟寡不敌众。当然，本人辜负党的期望与培养，没有负起领导责任，也应当检讨。切望上级及早进驻小林，使云消雾散。急急。再次致以革命崇高敬礼。

赶走了工作组,又进一步将阴谋变成了阳谋,小六算彻底失败了。那个夜晚读完黑信之后,大家久久不能平静。老丁在昏黄的灯下踱来踱去,终于在宝物跟前停住了。他蹲下,抚摸着它的头颅,说:"你也听到了,黑信里点了你的名,骂你是'走狗'。"宝物无语,胸部急剧起伏。它的目光紧紧盯住一个黑暗的角落,文太起身去看了看,发现了小六穿过的一只破力士鞋。黑杆子捏紧了枪杆。那个夜晚啊,那个夜晚猫头鹰的凄厉的叫声啊。"君子能忍自安。"最后还是老丁说了这样一句,送去了无限的慰勉。从此之后小六还是小六,老丁还是老丁,似乎两不相扰。但大家都看出小六大势已去,再也没有往日的精神。老丁在林子里理所当然地决定一切,而且小村里的人也敬他三分,都呼唤:"老丁场长!"那个公社女书记与参谋长仍在小村驻扎,节日里还要代表地方政权向老丁送些吃物,以示关怀。本来天下太平,一切正常,如老丁守屋,其余到林子里或劳动或管理招来做活的民工;每到黄昏,宝物出巡,绕林区一周有余；宝物归来，正好开饭，如饭间有酒，老丁则饭后乘兴神聊，讲他一生的经历和见闻，惊天动地。老七家里与林子里的人继续合作，不间断地提供烧酒。大家都很高兴，唯有小六蔫蔫地来去，安心做活。不幸的是前不久他突然精神起来，双目如电，宝物不得不尾随其后。就在发现小六兴奋异常的第七天，宝物眼瞅着他进了小村，入了小店，又买走了一片化制墨水的颜料。宝物赶回林子，对老丁做出几个危险的脸相，老丁于是派文太速去速回，直接找老七家里。老七家里说这是小六买走的第二片颜料。

"我今年六十岁了，瞒过我眼的还没有哩！"老丁抹着嘴巴说着，狠狠吸一口烟。他把烟全吐向小六那儿，使小六看起来像个雾中人。他停止了吸烟，手打眼罩向前看着："六儿在哪？你藏在烟气里了，你当我看不见？我把你看得一清二楚。我早说过了，瞒过了我眼的还没有哩……哼哼。"文太两手拍了一下，呼叫着："说得太好了！"黑杆子也嘀嘀地笑了。宝物兴奋得伏下又起来，同一动作重复多次。小六嫌热似的解开了第一个衣扣，活动了一下。老丁的脸色通红，瘦小的身躯一抽一抽，每动一下都有什么地方发出咔咔的响声，像是骨头响。他蹲在一个木墩子上，细细的两条腿不断调整着重心。"要说我这一辈子啊，嘿嘿，什么没经过？是不是，是不是？"他一边说一边将头转向宝物，"我闯荡南北，死去了又活过来，用手指从肋骨里抠过手枪子儿。要说怕的人嘛，也有，不过不是男人，是女人，哎哎！她们越对我好，我越怕。是这样哩！"老丁说着站起来，挥动了一下大烟斗，捻小了灯苗。宝物瞥瞥四周，见其余三人都屏住了呼吸。它看到了老丁钢一般坚硬的骨骼，看到了在其间奔流不停的血液。那是活鲜如朝霞的啊。老丁——木墩上的石刻老人，双目闪亮……它看到一片化制墨水的颜料掉进水里，有一个黄瘦的手臂进去搅搅搅，刚刚搅匀，被更有力的一条胳膊端了。墨水从黄瘦青年的头上浇下来，通身都黑了，像炭做的人。智慧的主人哪，英勇无敌，威震四方。宝物知道老丁又要讲他那无穷无尽妙趣横生、同时又是真假难辨以假乱真、全世界最辉煌最瑰丽的一个人的历史了。它悔恨当年没有与老人同在一起，化为那无尽故事里的一个小小生命。再看文太、黑杆子甚至是卑劣的小六,都习惯地、毫不含糊地振作起来,用钦佩的目光注视着老丁。

"人人不同,物物不同,我是老丁。"老丁这样开头,"天底下没有我这样的做人法,我日他妈所有现成的做人法。见天不死,见地不死,见铁不死,我这个老怪物死不了啦。有酒就喝,有好东西就吃。既给一万个大官牵过马骡,也给数不清的女人下过跪哩!皇帝吃的好饭我不嫌,牛马嚼的东西也不孬。人是机器,加了油就转。我是一直让它隆隆转,隆隆转,转到死,加马力,火火爆爆一辈子。我早就说过,我是省长以上的经历,也算老革命,也算老红军。在延安,我烧的木炭比张思德都多。没死,也就没出名。我也进过三五九旅,开荒种地纺棉花,还种出一棵一人多高的辣椒,首长看了说:好。我不识字,不过外国人进中国,到了北边都是我当翻译。我把驴一般都翻成骡。鬼子让我投降,那年我是师长,我打了鬼子一记耳光子。后来四五年吧,鬼子先降了。你看吧,我过的桥比一般人走的路都长。我为什么后来没有被提拔起来？还不是我有那毛病——喜欢女人。我又没有文化。没有文化做不成首长。你三个、四个好好听，宝物好好听。这些当假就是假，当真就是真。没有什么大不了的事。反正有一件是真的：我是个轰轰烈烈的人！我不做后悔事，做过就不悔。我敢打光棍，敢报仇，敢一个人住这林中小屋。别人说我我不听,全当苍蝇瞎哼哼。我从南边跑到北边，最后相中了这片树林。这里风水好，蘑菇多，他妈的一辈子就这样打发，强似神仙。我不依恋钱，不依恋朋友，依恋的东西只有一个：自己的血性！哎哎！"老丁说到这儿喘息不停，伸手取水。文太每逢这时候就激动得脸色煞白，神色不安。他全身颤抖，像弹簧一样突然从地上跳起来，向老丁脸前伸出了拇指，喊一句大家早都熟悉的话：

"你活得英勇啊！你不甘平庸啊！"

喊毕，精力全失，如泥土一般柔软地落下，再无声息。老丁声调软下来，开始了真正的长谈。那是些真正的故事啊，去伪存真，去粗取精，永远消化不尽。"我喜欢上的人哪，车拉船装。我说过，我连朋友也不依恋，等于说我不重友情。我明明白白告诉，我是这样的人。可是有人要叫我喜欢上了呀，我能跑去为他死。有一年我去了南方，那里热燥，夜里睡觉要枕一个中间灌凉水的瓷猫。这是为了冷静头脑，要不，第二天早上起来尽做糊涂事。我刚去，哪懂这里面的道理？结果昏头昏脑地做事，惹出来的故事一辈子也忘不了。我在一个荒山林子里摘紫果吃，吃得牙紫唇紫，不停地打嗝。那片林子比咱这林场密上十倍，野猪都有。虎狼倒不多，咬人的东西少。我吃果子，往前走。当年十八岁，身强力壮，不怕鬼神，头上包了蓝布。这天我遇上了一个老人，他领我回到一处林间宅院。那是个逃乱的富人，一看大宅就知道。他家里有丫鬟，有太太，有小姐，有鸡和猪。也有一条狗，比宝物差多了，不会叫。小姐像面捏出来的，说话的嗓门细溜溜，胳膊活像一段藕瓜。她的眼神我不说了，我要说，今夜我受不了。那是无法抵挡的一双眼，能穿透万水千山，打倒千军万马。一句话，我一辈子只见过这一双眼。见这双眼之前，我的身体还像牛犊一样壮。就是这双眼让我支持不住,身上热一阵冷一阵。你们不知道,太好看的眼睛败你的神气,这是定准的原理。不是吗?我不说这双眼了。我只想说她后来参军,所在部队连连失败,恐怕也是害在这双眼上了。当兵的让这双眼看一下,你想还会有好结果?我保证他们连轻机枪也抱不动,还想打仗?这是后话了。先说我和她往来这么一段又一段。那一天我隔着篱笆望见了她,她的眼睛从篱笆空儿里望了我一眼。我立刻倒下来,也不顾脚下有一摊狗粪(那是多么窝囊的一条狗!),怎么也站不起来。丫鬟来拉我,太太来拉我,那个有大福不会消受的老人也过来拉我。所有人都沾了那条破狗的粪(我就不明白为什么这样的狗还不快宰),又叫又跳。这就惊动了她呀,她走过来,我们使劲拉了一下手。有一股电从第二根手指传到肩膀,把我电了一下。我不知怎么流了泪,眼泪汪汪,想这辈子就到这儿吧,这已经是合算的了。她呀,我敢说是个神仙下凡。我怎么说也不过分,一句话,把我杀了我也得要她。那时我觉得走千山爬万岭,原来就为了她这个人!让我住在老林子里吧,我一辈子不到外边去,我就死在老林子里！我不知道世上还有比这更轰轰烈烈的事，不知道我要了她和打下一份江山到底哪样更合算！这个小姐！这个小大姐！这个一眼就能把我看倒的闺女！你别跑啊，我不知从哪涌来一股勇力（自古讲究杀身成仁），一家伙把她扛到了肩上……"

"你活得英勇啊！你不甘平庸啊！"文太大呼。

"林子里百兽都惊了，一齐跑出来昂头看我，它们见我扛着她。百兽惊了，半晌才缓过神来，撕破嗓子似的叫。太太、丫鬟也呆了，老头子抱住了自己的头。我扛着她往上走，走了一会儿又怕磕碰了她、惊吓了她。我把她放下来——天，她不停地哭，两肩一抽一抽，哭个没完。怎么办？我惹她太厉害了，我真的害怕了！我说，我不敢了，我撤退了，你自己管住自己吧，我真的撤退了哩。我那会儿说着退着，一头扎进了树林子里。这片林子黑乌乌的，不见天日，什么兽类都有，我日夜和毒蛇做伴。没有逃路，我也不想离开。我天天吃那种紫色的果子，打她的主意。毒蛇把头伸向我，我不停地泻肚子，该死的紫色果啊！我那会儿在水坑里照过我的模样，头发像没沤透的麻绺，眼像牛眼，鼻子、嘴巴全是紫的，还有一道道血口子。我死了也不愿离开林子，因为离开林子就是离开了她。我被蛇咬过七十二次，自己救命，嘴吮草敷。野鸟来啄我的眼珠，我一只眼皮上盖一顶蘑菇伞。除了吃紫果就是吃蘑菇，烧了吃，生吃，红的、绿的、花的都吃过，什么样的有毒我全知道。这可不是人过的日子。我搭的草窝样子像鸟窝，夜间就蹲在里边。这个窝儿一天天搬得离大宅近了，渐渐听得见院里人咳嗽。我心里有事，就编了歌来唱，我这副好嗓子还不是那时候练成的？我唱的歌凡人不懂，里面净些花哨事，都用了反语。我相信那女人听得懂。我的歌是有气味的，不甜不酸，都是刺鼻的辣气，男人听了就跑。这歌还是带颜色的，是松树蘑菇顶上那层黄色。这色儿飘悠飘悠像朵云彩，把那个小姐一下子包裹起来。我唱：你当我不知道你头下的瓷猫缺了水？你当我不知道你的发卷里有个虫？虫儿半夜掉出来，瓷猫活了一口咬住虫。头枕瓷器是蓝花的，彩釉的，景德镇买来的，小驴驮来的。你当我不知道你一年里做了一百个梦，一百个梦都等我来圆。北边来的大汉专打南边的蛇,你就是一条软绵绵的美女蛇。我就唱这号的怪歌,我保证她在偷着听。那时候我心里的火气足,唱着唱着烧得慌,眼泪流到胸口上,胸口上面结个疤。这样唱了八十天,半夜里偷偷去扒窗。十个窗户有九个是空的,小姐学会了隐身法。

"有一天老人陪着小姐来打鸟,一枪打在我的屁股上。说起来没人信,铁砂子印在皮上,用手一扫全掉了。老家伙瞪得眼睛像铜铃,说我肯定是妖怪。小姐笑着对老人说,我是个唱歌的人,肚子里面有文化水。不如领家去念念报。老人点头同意了,把我领回去,不过让我跟他那条破狗同住一间草棚。原来小姐常年住在林子里不识字,闷得慌,要找个识字人读读报纸。她说这上面肯定有意思。我难过得要命,因为你们知道我也不识字。不过我可不说心里话,把报纸端到脸前就念。我念得多流利不打结,像真的一样。我手指大黑字说:这是题儿,叫'知道了就得学着做'。我念道:'知道了就得学着做,不做还行?俺这报从不唬人,是一张好报。俺们办报人用一百八十间大瓦房做抵押，保证不说一句假话。说的是世上有男人又有女人，女人要和男人好。男人千辛万苦不容易，从南南北北跑了来，你铁石心肠也要变。再说你身子骨不硬是不经风的草，哪如倚在一粗壮泼辣人身上？男人劳累手脚粗，裂口道道有精神。冬天不怕冷，夏天不怕热，能做木匠能打铁。吃馍吃草都可以，一刀砍上就流血。破裤子穿了千千万，哪比得你滚烫的小身子净穿绸缎？说起来话长做起来事短，我们不如把那事儿从头好好盘算……'正念着老家伙走过来了，我赶忙接上念别的：'天上下雨有水了，蛤蟆叫了。种谷子，种玉米。雨后天晴了，上山采蘑菇。红的是松板，黄的是粘窝，花花绿绿有毒哇。柳条儿，编笊篱；白苇子，织席子；席子上，摞被褥；被褥上，躺着爹和娘……'老家伙听了听，说：'报上就这些事呀？怪不得说十个识字人九个驴，登了些什么杂七杂八！'我说：'可不是怎么！'小姐催他快走快走，他吐了口怨气，就走了。我接上念：'夜间星星肯定在窗外，那不碍事；小猫从屋檐上往下探头，也莫惊；不用往炕洞里烧火，身上有火。半夜三更，狗都睡了，一男人躺在草棚里怎么得了？还不如去喊他，拍三下巴掌……'我念到这里，听见她呼呼地喘气；我斜眼一扫，见她两手抓紧裙子边，乱颤。我收了报，说就念到这里吧，明天续上。说完我就离了石凳，回我的草棚去了。这夜里那条破狗不做人事，一会儿起来撒了三次尿，恶臭难当。我恨不能立刻躲开。可我到哪去睡呢？星星斜了，半夜三更了，我在草棚四周走来走去，没有一丝瞌睡。我这样走的那会儿，还不知道这就是那个最了不起的黑夜。这个黑夜，用一个皇帝的宝座我都不换——这是俺停了一会儿才知道的。我这么走，游游荡荡，解了小溲，又是走。谁知我一抬脚，黑影里'叭叭叭'三声击掌。我一愣，全身瘫了。我咬着牙，好费力才回了三声。一会儿，一个女的，是小丫鬟，过来牵上我的手往黑影里跑跑跑。

"我从一个用青藤掩了的后门钻进去，一眼见到了她。俺这会儿才涌上来勇力，三两步上前卷了她去。她说没想到会哭的男人像只老虎。真是的，英雄是我啊，哪是别人。我不信哪里有我的对头，要是有，那他活该倒霉，注定憋闷……不说了，只说我们那时的革命友谊，嘿，千难万险不在话下。天呀，这是真金不怕火，怕火非真金，我老丁年轻时这么小小一段。"老丁说到这里，从木墩上跳了下来，"我恨天底下有那么多假正经的狼狗眼！那天天亮了，青藤掩窗，我用大手封住她小嘴。我说你等着瞧，我早晚会去队伍上的，身背宝剑做个大将军。她说好人不当兵，好铁不打钉。她这话让我笑了一辈子，因为她想不到以后自己会当兵。那夜我对她说，我发个誓，今后谁伤害了你，我就用宝剑刺透他的心，用钉子砸进他的脑壳，用火筷烙他最疼的地方。我发了誓。这誓发得惊天动地。谁知日后树叶落了，十年过去，部队上出了叛徒。那叛徒花一角三分买了一片化制墨水的颜色，写了一封黑信，把她出卖了。她给抓走，受了酷刑，一条腿跛了。她带着跛腿进了延安，解放以后又进京，又回省，现在就分管着咱这一省的妇女——我哩？我后来与多少人恩爱，可我不忘我的誓言。我现如今住这林子里，有心事啊。我在找那个买走一片颜料的人，一刻不敢松懈。谁买了一片颜料？我像个密探一样活着哩。告诉你一声,告密的叛徒,我找到你的时候,你也就算活到头了。"老丁将头放低,眼珠上斜,四下里瞄着。当他的目光掠过小六的时候,小六脸色煞白。"我探到了他,他也就算活到头了。"老丁咬着牙,点一下头重复一句。"想不到从过去到如今,当叛徒的都是买一片化制墨水的颜料。嘿嘿,鬼哩。不过世上没有不透风的墙……我们闲话少说吧,还是接上那个夜晚说下去吧。那个夜晚我们两人难舍难分。她流着泪说:'想不到这世上还有你这样的好人。你真好。'我也知道我好,不过我比起她来,又能好到哪里去呢?我向她发誓,誓言铮铮响。我们两人手拉着手,不愿松。我钻出青藤那一会儿,心都要碎成八块了……"

老丁的嗓子像被什么噎住了,他朝空中挥了挥手,不愿说下去了。宝物一直高昂的头颅垂下来,细绳似的尾巴紧紧贴在腿上。它悲凉地哼起来,下巴压到了前爪上。小六的脸埋在双膝间。黑杆子一直呆着,停了一瞬,眼泪一串串流下来。只有文太像僵住一样盯着老丁。后来,他如梦初醒般跳到老丁面前,握住了那双瘦骨嶙嶙的老手,不停地摇动着,摇动着。

三

"他买走了一片化制墨水的颜料?"文太眯着眼问老七家里。老七家里把头凑到他耳根:"买了,是这个月初七那天傍黑。"文太咬咬牙,骂了一句。老七家里坐在柜台上,黑布衣服包住了双膝。她从货架上摸了一块糖咂着,松松的腮肉活动起来。她问:"老丁身子可好?"文太点点头:"场长心胸开阔啊,不像我。"老七家里把滑溜溜的糖块一不小心咽了。文太又问:"一片颜色多少钱?"老七家里做个手势:"一角三分。"文太点点头:"叛徒从来都是舍得花钱的人。"他见老七家里手指甲很长,其中小拇指甲快有一寸了。出于好奇,他攥住这手看了看。老七家里笑得乱抖:"真好孩子。"文太赶紧松了手。他瞅准机会偷了一块糖,然后随便扯几句就告辞了。在路上,他哑着糖,又想起该将这糖果留给丁场长,于是赶紧取出,用原来的糖纸包了。

文太琢磨,要抓到证据,也许还要到总场一趟才行。那些颜色早晚化成一些有毒的字纸,经邮电局捎到总场。可恶的总场,可恨的书记申宝雄,还有他的鬼秘书。文太在总场场部工作的日子真是不堪回首。后来他到了老丁管辖的地盘,这才发现世上原来还有这样的自由境界。更美妙的是邻近林子就是一个小村,小村里形形色色,有演化不完的故事。这些贫穷的村里人对林场职工格外羡慕,因而被个把姑娘爱上是轻而易举的事。林场里杂事繁多,如给未成年树打杈修枝,给苗圃清除杂草,锄地,点种野豇豆等等,都需要从小村里招些民工,每人工资六毛四分。领民工做活是最愉快的了,那时领工人像个将军,说什么话都是不改的命令。姑娘家"咯咯"笑,不听命令可不行。不听命令不要工资啦?再说工人阶级可是领导阶级,不听领导行吗?还有老丁,他是最使人心悦诚服的老人了,在林子里对付日子、对付邻近小村里的人,都有不尽的经验。有这样的老人掌舵才叫幸福哩。可怕的是出了叛徒（什么年代都有这样的东西），总场就派来工作组骚扰。那真是斗心斗智、腥风血雨的日子，多亏了老丁稳如泰山，运筹帷幄，这才化险为夷。不服老人不行啊。回想工作组当年可算是机关算尽，结果寸步难移，一步碰到一个陷坑。如今呢？又有人买走了一片化制墨水的颜料！文太最怕的是把他从老丁身边赶开，那样他又要回到总场了。

总场哟，不堪回首的日子哟！

那时的文太留了分头，衣兜上像小六一样插支钢笔。总场旁边有一处师范，三年没有招生，到处陈灰积土。他有一回闯进去，认识了看管图书的一位老头。他借回了很多书，日夜不停地看。有一阵眼睛发花，他就乘机戴上了一副左框残破的眼镜。场党委秘书读过完小，但偏偏嫉恨一切的读书人。他自己戴了眼镜，但对其他戴了眼镜的人不能容忍。文太在这两个方面都犯了忌。秘书的话差不多也就是总场的话，秘书说要查一查文太是怎么回事，总场也就开始查了。首先是跟踪文太，发现他频频出入一个破书屋，里面不阴不阳,蛛网密布。一个老人蹲在书隙里咕咕哝哝,手忙脚乱,看上去面无人色。天哪,原来文太常常接头的就是这样一个人。跟踪的人感到无限惊异,报告了场部,场部指示再探。文太一头钻到旧书堆里,半天也不出来;有时好不容易露出脸来,那个老头子凑在他耳边小声说上半天,样子过分亲昵。跟踪的人不能理解,往回走的路上反复思索,渐渐脑海里出现幻象,将看到的情景一再演绎。他再一次汇报时,说文太已经被书毒坏,嗜书成癖,竟能将头部扎入肮脏的书堆长达三个小时之久。由于被书毒害,多种病症同时爆发,行为格外怪异,比如竟和一个老头儿贴在一起,老头儿亲吻他耳垂下边一点。两人成天关在阴暗的角落,不思茶饭,非盗即娼。老头一双瘦瘦的手一挨近文太就抖个不停,抚摸拍打,显然是个谬种。如此大恶如不及早铲除,林场上千职工受到侵害只是早晚的事情。秘书听罢说这一下好了,罪证确凿,千头万绪归根结底,那就准备办起来吧。文太全无察觉,一边还洋洋自得,整日大背着手走路,甚至对打字员姑娘产生了非分之想。他背诵着从书上学来的动人词句,口若悬河,在打字室里一待就是半天,出来时热泪盈眶。他讲述的都是千古少有的爱情故事,比比画画,像是亲临其境。打字员的父母是本场老工人,老两口开始商量怎样处治这个用心不良的小子。秘书告诉他们上级早有安排,请静观事态发展。文太在这一段对人倒格外和蔼,工作也勤恳主动。又是一个星期过去了,打字员用机器打出了这样一串字:"我爱文太。"她的小信封被秘书巧妙地截拦了,秘书伪造文太的笔迹写了数量相同的四个字寄给了她:"去你娘的。"打字员哭成了泪人,从此再也不愿见到文太。文太正在打字室窗外痛苦地徘徊,场部基干民兵就把他逮起来了。连夜的审问,用树条子抽他,毅然决然地没收了眼镜和钢笔。审问的结果是一无所获,因为所有的令人不安的东西都是书上学来的一些词句,以及由此而催化出来的不好的念头。这一切如今都装在他的内心即肚子里,只有适当的机会才会说出来。这像食物中毒或消化不良一样,在一定的时刻总会呕吐。场部决定一方面将前因后果如实通告小老头所在单位，另一方面将文太交给群众监督劳动，听候发落。

　　最难忍耐的是等待处理阶段。文太每天默默劳动，不敢胡言乱语。所有的人都可以呵斥他，他需要讨好所有的人。场长申宝雄的老婆趁火打劫，责令文太每天在劳动间隙里为她采十个鸟蛋补身体，如果可能的话，还要顺手采两斤蘑菇。鸟蛋一般都在树顶，因而文太天天爬上爬下。他瞧着小鸟蛋美丽的花纹，常常感叹不已。蘑菇很多，大半是松树蘑，他在短时间内即可采摘两斤。由于经常出入申宝雄家，一般的人物也就不敢随便刁难他了。申书记的老婆生吞鸟蛋，身体果然一天天伟壮，敢于和文太一试力气。她抱住文太的腰，轻轻一扳就把他放倒了，接上是胡乱胳肢。文太笑着在地上缩成一团，滚动不停，一会儿就上气不接下气。渐渐他怯于去申宝雄家，有时手提鸟蛋和蘑菇进退两难。申书记老婆的热情却一天天高涨，对文太不仅是胳肢，还要抚摸，说："年轻人的皮儿滑。"日子久了，她教给文太一些奇怪的举止，让他变得胆大勇敢。文太看到了一个从未看到的怪异世界，觉得以前看过的毒书何等荒唐。文太从申家出来，脾性泼辣起来，再也不像从前那么文弱。"师傅领进门，修行在个人"，文太交往女人的方法千变万化。那个打字员给他带来的灾祸显而易见，为了报复，他将她得到了又抛弃。为了报复更多的人，谁对他呵斥过，他就在申书记老婆面前说谁的坏话，到后来弄得人人自危。他从未放松过采蘑菇和找鸟蛋，认为这才是立身的根本。久而久之，他对全场的蘑菇知道得一清二楚。就在他一切如意、正设法整治那个秘书的时候，申宝雄多少领会了老婆心底的一些秘密。但他不敢冲撞老婆，只好想方设法对付文太，在这个小伙子身上寻找巧妙的主意。他采了些香泻叶偷偷掺在文太送来的蘑菇中，使老婆大泻了三天，连说话都有气无力。文太几次送来蘑菇，申宝雄都如法炮制，结果老婆再也不敢吃文太的蘑菇了。但她仍让文太来送鸟蛋。申宝雄无奈，只得将香泻叶熬了浓汁，寻机会就在碗中滴入几滴。老婆很快被泻得面黄肌瘦，文太来看她，两人也只能眉目传情。香泻叶使申宝雄赢得了宝贵的时间，他想出了一个更好的办法，就是流放这个白面书生。当时有好几处属于林场管辖的小林子，而其中离总场最远也是最荒凉的，就是老丁这片林子了。谁知文太被流放后反而因祸得福，他很快就忘记了与场长老婆挥泪别离的场景。老丁身边的岁月像蜜糖一样黏稠而又甘甜，他们与邻村人结下的各种友谊使他永远着迷。只有这儿的生活遇到危难的时刻，才派他到总场走一趟。上次小六的黑材料，就是他从申宝雄老婆手中取走的。

当年文太来到老丁这片林子时，正好是初秋天景。老头子用蘑菇汤菜招待了他，汤汁中有诱人的肉块。原来老人的枪法很准，只一枪就可以打下从空中飞过的老鹰。老人还会下各种套子皮扣，准确地套住林中的兔子和猫獾。当时黑杆子早就是老丁身边的一个人了，老丁睡梦中说出的话他都要照办。文太在寂寞的时候讲了总场时的一些事情，流露出无限的懊恼。老丁仔细地看了看他被树条子抽上的浑身疤痕，又小心地抚摸了他被场长老婆无情地耍弄过的枯瘦的身体，破口大骂。老头子说要用一个月的时间滋养这个年轻人的身体，用更多的时间教会他过日子的新方法。随着皮肤日渐滋润，文太发现老丁是一个无所不晓、历经沧桑的奇人。这个人年事虽高，但气血旺盛，欲望像火焰一样熊熊燃烧，新异的想法一串串从鼓鼓的脑壳生出。老家伙曾经爱上的女人也多，而每一个都伴有激动人心的故事。文太被他的经历弄得目瞪口呆。刚开始他还将信将疑，到后来就真假莫辨，与老人一起激动，一起燃烧，一起过舒畅的快乐的生活，也一起荒唐。谈到整治仇人的方法，老丁可让文太开了眼界。老丁说到场长申宝雄，就哼哼一笑说："挨树条子抽的该是他哩！"后来工作组进驻这儿，文太亲眼看到了这个场长是怎么被整治的。林子里一切的一切差不多都被调动起来了，什么蝙蝠蜘蛛、长蛇狐狸，还有地枪树箭，一切的一切都出动了，变活了，赶得申宝雄一伙胡跑乱窜。村里的人也不容申宝雄在这儿藏身，像是要农民造反。那可真是个给人灵聪的古怪节日。老丁像个皇上一样，安安静静坐在他的帐子里，听外面风吹雨打。那帐子是一块紫布做成的，刚看到时文太可吃了一大惊。帐子顶上落满了灰尘，约有二指多厚。帐子就挂在一个大土炕上，半罩着老丁——他平时盘腿而坐；身后的灰墙上，显赫地挂了一把宝剑。后来他听说帐子是老七家里送来的，那是用一些商品的包皮粗布做成的，又染了色；宝剑是村里一个专制利器的老铁匠锻出来的，如今这铁匠已抓进了监狱。老丁会舞剑，连舞两个钟点，大气也不喘。他十天半月就要磨一次剑，使它永远闪着寒光。文太长时间地盯着这剑，看着它的银刃和镶了黄铜的剑柄。他总以为剑中凝聚了什么奇妙骇人的故事。老丁用粗粗的食指抹着剑刃，问："你说剑是干什么用的？"文太想了想，说当然是健身的了。老丁摇摇头："剑不是刀，更不是枪，剑是报仇用的——我有仇人哪！我在暗地查访一个仇人……那仇人露面的时候，我凭鼻子也嗅出他来。"文太深深地吸了一口凉气。

工作组狼狈地撤离之后，林子里重新繁荣和太平。百兽齐鸣，你呼我应。黑杆子高兴得当空放枪，老丁头愉快地为分场同仁亲手做了几顿蘑菇。小六与大家同时饮用汤汁，并未感到心中有愧。老丁在喝汤时曾说："看过古书的人都知道，是一个叫吴三桂的人勾引来清兵——千古留下骂名啊！"老丁还给他们耐心地讲了林中蘑菇，说别看花花绿绿，归结起来也没有多少。要辨认它们很难，因为虽是同一种，由于生出的时间不同、天景不同，它们的模样也大相径庭。更可防的是毒性，人们都知道有的蘑菇只几颗就可以毒死一个人。他讲到这儿看看宝物，它深深地点了一下头。"毒蘑菇演化出的故事万万千，俺宝物也通晓一二三……"它尾巴摇动着，唱着一首又古老又新鲜的歌。老丁接上说，他这一辈子对付蘑菇的经验埋在肚里多可惜，总有一天他要与识字的人合写出来。文太听到这儿说：这才是"著作"。老丁点点头："伟人大半是有著作。"他们谈到了最高兴的时候，你一口我一口喝起了酒。由于老七家里按时收购他们的干蘑菇并付以烧酒，他们与她的友谊已经牢不可破。终于在七月七鹊桥相会的日子里，他们以一分场全体职工的名义请来了她。老丁亲手做了蘑菇给她吃，几个人开怀畅饮。老七家里是个没有节制的女人，喝得大醉，说一些昏头涨脑的话，还伸手去捏黑杆子。

老丁火了，一巴掌把她打倒在帐子里。这一夜老七家里就在帐里呼呼大睡，而老丁却与其余的人燃一堆大火，在露天地里待了一宿。文太与黑杆子都说老丁不回帐子，不仅说明老场长作风过硬，而且德行高洁。天亮时老七家里走了，留下一些秽物。大家对于邀请这样一个人都多少有点后悔了。他们由老七家里又议论起村中小学刚来的一位中年女教师，一致认为她独身。他们对她极其整洁的装束赞叹不已，说她全身的任何一处，都是神圣的、值得尊敬的。"多么文雅！"文太说。"而且，她是个独身。"停一会儿他又说。这个夜晚他们议论着，最后决定请这位老师领学生来场里采草药勤工俭学。

　　女教师领学生来到林子里这一天，是全场的一个节日。老丁再也没有耐性守在屋里，一直在林子间检查工作。女教师让学生散开，她一个人手持柳条篮采药。这些药材晒干之后，就要卖给老七家里的小店。老丁在女教师不远处活动,后来索性走到跟前。女教师说："丁场长，您忙！"老丁摇摇头："忙什么！我管的树多，你管的人多，管人不易。人都有一个脑儿,树没有。再说,你是孤单单一人,你一个人过日子不是? 难。"女教师笑笑:"不是这样的——他在另一个学校工作,离远些罢了。"老丁急忙摇手:"不会不会,你肯定是个独身。你也太客气了啊。"女教师苦笑着,又摇了摇头。老丁弯腰替她采起草药来,每采一棵,女教师都说一句"谢谢"。老丁终于忍不住,说:"谢什么? 我这个人你是不了解,了解了就好了。不能谢了,那样就远了。""可您是场长啊,听人说工作很忙。"老丁拍一下膝盖:"哎,莫听他们胡说了。我是个领导干部,这不错。不过能有多忙? 比起你来,啧啧! 我看重你哩——你来这林子里做活苦哩,我不忍心哩! 我要替你做哩……"老丁去取她的篮子,扳开她的胳膊,她不得不严肃一点地拒绝了。老丁搓着手。这会儿文太和黑杆子都转过来了,他们每人手里都攥了一把药材,凑过来投到了女教师篮子里。女教师又谢他们,他们只是笑。老丁呵斥他们:"只会笑,只会笑,一点礼貌不通。一边忙去吧。"两个人应着,看着女教师,退着走了。女教师说:"您太严格了。"老丁温柔地看着她:"是吗? 其实不是。我说你不了解我嘛。日子久了，女同志都夸我是个好心性的人。想想看，女同志多苦多累，女同志宝贵哩。不瞒你说，我也是个独身。话说起来也就长了，我这个人眼眶太高。就是这样。"他说着，没有注意女教师惊讶的眼神。这会儿他一转脸看到了小六衣着整齐地从一旁走过，就小声补一句："那是个品行低下的人……你我相识得太晚了！你看我一转眼年纪就大了。你怎么也想不到我有多少人生经验，更想不到我身体多么好——这方面场里的青年也就不行了……"他正说着，远处又传来文太和黑杆子的呼喊和歌声——在他的记忆中，黑杆子可是从未唱过歌的。他皱皱眉头。停了一会儿，他又笑了："我说过，独身不易哩！你为什么要一个人过苦日子？当然了，你像我一样，眼眶太高。这是真的。不过事情总要解决才妥帖。比如，遇上年纪稍大些的领导同志，咳咳，就应该考虑……最体贴人的好人都在老人里边呀！世上女人有几个明白这个？到了明白那一天，什么都晚了！"女教师听不下去，一挥手打断他的话说："丁场长，我不是告诉过你了吗？我早有了爱人了！"老丁一怔，不认识似的看着她,继而摇头笑了:"不会不会。我明白这个,你是不好意思说真话。你肯定是个独身,同志们早就看出来了。这有什么?我也是独身。独身就说独身,怕什么?"

女教师领她的学生采了半天药材,谢绝了林场的进一步邀请。老丁和其他人都十分兴奋,还喝了一次酒。老丁说:"有文化的女人就是和一般人不同。我很佩服她。"文太点点头叹一声:"多么文雅!"他们一致认为林场与小学校的某些教师同为公职人员,应该加强联系,互通有无。老丁当即检讨了他平时对小学校关心不够,表示今后要有足够的重视。他说今后要经常去看望同志们。他还指示文太明天就送给女教师一些干蘑菇,以改善她的伙食。第二天文太照办了,回来时带了一些女教师的回赠品:一些学习材料等。文太说:女教师开始执意不收,我说你不收我就不走了!她终于屈服了,收下又过意不去,就找些书让我带上。"学校里能有什么!"他这样说。老丁听了,两眼闪着光亮,两手抖着接过材料,又抱到帐子里去了。他抚摸着封皮,用食指按住一个个标题黑字,又试试碍不碍手。夜晚,他把小六和黑杆子支开,只让文太念这些材料给他和宝物听。宝物刚开始还算精神振作,像往日那样昂着头颅,但只听了一会儿,就打起瞌睡来。老丁却一直全神贯注地盯着印得黑麻麻的材料。文太念完了,老丁一声不响;文太抬头去看,见老丁流出了大滴的泪水。文太喊他,他不应。停了会儿,他喏嚅道:"这是她亲手送我的书啊!"文太上前握住了老丁的手,摇动着,沉默了半晌。老丁咬咬牙关,在帐子里盘腿坐了。后来,他闭上了眼睛。文太小心地下了土炕,站在黑影里注视着老人,祷告般地说:"我明白了丁场长。我不说,可我明白。您好好歇息吧,我又一次理解了您。我相信,一切的胜利都是属于您的。您好好歇息吧。"

第二天,老丁与文太反复商量,写出了林子里第一篇文章。文章基本上是老丁根据自己的经历、结合文太在总场的一些教训口授,由文太进行文字润色而成。他们将大字抄好的文章贴在了小屋的墙上——因为小六在黑材料中曾攻击这儿没有学习心得和墙报,他们早就想予以回击，只是心绪不佳没有灵感。女教师与分场的交往激起了才情，再加上批判学习材料的启发，他们决心一试。黑墨是锅底油灰用烧酒调成的，毛笔是野鸡毛儿做成的。文太将老丁哼出的话加以润饰写下来，觉得老人是如此大才，如果读过几年书，那恐怕更是个了不得的人物……文章贴在了墙上，一会儿黑杆子和小六、宝物都站在一边看起来。看着看着，小六在心中惊叹不止。黑杆子与宝物很快走开了，只有小六紧紧咬着牙关。他承认老丁仅就文才而言，也似乎是不可战胜的。这显然不是文太的思路。小六恐惧的眼睛扫来扫去，最后忍不住念了起来：题目——《蘑菇与书籍比较观》；副题——改造世界观之我见。正文写道：俺通过反复学习比较，觉悟提高数尺有余，认识了矛盾无处不有无时不有，事物既对立又统一的两个方面。大者宇宙小者砂粒，其理同也。比如蘑菇这东西，本是我们人民的口福，而剥削阶级却大口吞食。又比如书籍这物质，本是劳动者学习之所用，智慧之记载，而剥削阶级却用来毒化青年。蘑菇书籍，两相比较，一个生于树下阴湿之处，一个产于案头桌上之间。天气有阴晴干湿燥润之分，人心有明暗冷热喜怒之别。所产之物，皆由内外因之不同而不同。有的蘑菇花花点点，模样如伞，其表层如美女之衣、鲜花之色，引诱人们取而亲近；亲近之后又要食之，结果毁也。因为这蘑菇毒气很大，外媚内昧，其狼子野心何其毒也。由此推及书籍，其封皮也花花绿绿，硬壳绸缎烫金点银，实际上包藏祸心。白纸黑字，铁证如山，毒素比蘑菇又何止大上十倍。古人有读书变痴者，今人有读书反动者，就是书籍有毒之明证。再如有蘑菇色分七种，不一而同，或温或凉，或鲜或涩，或补或毒。有人食一种浅绿蘑菇，之后大笑不止，口吐狂言，对常人多讥之；有人读了一些书，而后自视清高，不愿接受群众改造，甚至藐视工农。二者何其相似乃尔。再如有人食了蘑菇，眼神恍惚，全身无力，大吐大泻；有人读了一些书，结果四体不勤，五谷不分，手不能提篮，肩不能挑担，终成废人。二者又同。又有人食一种怪蘑，兽性大作，不断奔向无辜异性，医生诊为脏癖；而有人被毒书淫化，伪装才子佳人，乱搞男女关系，陷于资产阶级谈情说爱而不能自拔。凡此种种，不一而足。反之也是同理。如食小砂蘑菇，清鲜可口，耳聪目明，实为烹饪之佳品；有人学了批判材料，明辨是非，通晓大义，得知国不变色之原理。如有人爱食一种柳黄，滋味很似鸡腿，营养又胜过鸡腿几倍，煮汤则汤汁油黄，做菜则混鱼混肉；而有人坚持学习宝书，数十年如一日，渐渐意志坚定，成为英雄。再如一般的松板粘窝，其貌不扬，实为佳肴。邻村小店主持人即老七家里，常年坚持收购此等干蘑，为民造福。村上人食物粗糙，大致糠菜瓜干，但村里人个个强健，双目炯炯有神。俺想这是依赖蘑菇之滋养。反之一些"地富反坏"分子，小店控制对其蘑菇供应，平时我场又不允其本人及子女前来林中采菇，于是眼见得他们身体枯槁，气息奄奄。最好之例证乃本文作者之一丁场长是也。他年近六十，精力超过常人数倍，走路啪啪有声，睡觉呼呼打鼾。他精血远未衰竭，不瞒世人，至今尚有常人之那种要求。不过他坚持学习，思想很通，个人生活处理得当，很好地承担了该分场之领导职务。而一般之学习材料、批判所用之书，与那种蘑菇的原理更是一般无二。如小学女教师虽然至今独身,却加紧学习,所有行为皆未出偏差。她美丽大方,衣衫整洁,不媚不俗,已博得分场同仁一致赞誉。她艰苦朴素,发扬老革命根据地某些精神,带领同学勤工俭学。而且抓紧自身学习读书之同时,尚有余力送分场干部职工一些书籍材料,在此再表感谢。比较到此,俺想原理看官想必已见分明。蘑菇书籍,异物同理,不可不慎之又慎,严重对待。君不见蘑菇大毒,食者周身发黑,须发脱落,顷刻间一命呜呼;君不见坏书误人,夺其心魄,有人竟能迷狂到持刀行凶,无法无天。所以说读书一事,万不可小视。本文另一作者即文太对此感慨良多,在此恕不多议。总之一切结论皆出自勤奋实践,俺们是林中主人,终日食菇,无师自通。食蘑菇求的是强健无疾,学材料为的是心红眼亮。俺决心提高警惕,防修反帝,站好最后一班岗。在此敬请革命群众指正。……小六读了一遍,不觉浑身淌出汗来。他突然预感到打文墨官司自己也不是对手,一瞬间陷入绝望。这时候天色已晚,墙报渐渐模糊。他站在屋前,看着宝物扑出来，朝他瞪了一眼，向林中跑去——它到了出巡的时间了。

大约就是墙报贴出的第七天上，小六到村中小店买走了第二片化制墨水的颜料。老七家里的情报也令老丁心神不安，文太于是急匆匆去了总场。申宝雄老婆肥胖如初，见了文太如获至宝。文太问起最近小六的动向，她连连摇头。文太垂头丧气地归来，一走近林中小屋就愣住了：墙报下正站着一个陌生青年。

这个青年十八九岁，像小六一样枯瘦，穿了一身学生蓝装，正一边看报一边皱眉，看样子极善于思考。他的背上还背着方方的行李，并不放下。文太在一边观察了一会儿，就走了过去问："你找谁？"年轻人捋一下头发，回答：

"我叫军彭，是从总场来报到的。今后我要在这儿工作了。"

文太一愣，但马上笑着伸出了手。他心里却想：不早不晚，正在这个节骨眼上！

四

　　老丁每天要用很长时间来训导他的狗。这个工作要等几个人离开小屋时才做起来。宝物凶残有余而灵慧不足,唯有老丁不这样认为。最早的时候他发现了这条脏臭的狗会斜着眼看人,心中一动。一条刁怪的恶狗,老丁想。他调整它的饮食和坐卧,渐渐让其有了固定的工作时间。比如它平时护住小屋,傍晚才是出巡的时间。它不属于任何人,只属于老丁。老丁怒喝一声,它就抖着身子伏下来。有一次老丁病了,它守在一旁不吃不喝,还不时地流泪。近来它斜着眼睛去看小六,还要露出那颗残牙,走近他,像老人一样哼几声。不久前老丁教会了它一位数的加法,它常常用来计算林子里被偷伐的树木、小六在小屋中的出入次数等等。老丁又教它两位数的运算了,由于急于求成,反而扰乱了以前的一位数。老丁非常懊丧。"六把镰刀加四把镰刀,几把?"老丁大叫。宝物细细的尾巴夹在后腿间,声音颤颤地叫了七声。老丁大骂起来。看来他不得不放弃两位数的教育。老丁认为这条狗没有数学才能，就开始教它另一种本领：侦察。老丁弓着腰，在小树间一弯一弯地走，东看西看，伏下，又走。宝物的腰也弓起来，像他那样贴在小树干上，最后伏下。"嘿嘿！"老丁笑了。他们做累了，老丁就讲一些故事给它听，也讲那些男女的事情，宝物就露出了那颗残牙……日子久了，宝物的神情和步态很像老丁了。它跑进小村去，人们见了它，第一个反应就是想起老丁。它厌恶的人，人们以为老丁也不会喜欢。常了，有人就试探着它的好恶以判断老丁对某某人的态度。可是后来，又有人发觉它对同一个人不停地摇尾巴，转过脸就露出了残牙。这真让人费解。它在小村里横跳竖跑，为追一只鸡，有时竟能像猫一样登上屋顶。村里老汉鼓励年轻人说："快把它砸死算了！"年轻人急忙行动，用绳子勒，用套子套，甚至还在一块肉里下了毒。结果宝物轻而易举地躲过了灾祸，倒是小村自己的猫狗遭了殃。驻村工作组的参谋长说："看我的。"他从套子里掏出一把闪闪有光的小枪，又示意工作组的女干部看着他——两手端起，闭一只眼，一扳机子。宝物一动不动地注视着参谋长，在他扳响机子的一刹那，腾空而起，跳起足有三米高。参谋长的枪刚要连发，不知为何卡住了壳。他暴躁地拍打着，咒骂着，宝物却箭一样飞过来。参谋长还没有弄明白女干部在身旁为何惊叫，宝物就从他的肩上蹿过，把尿撒到了他的脸上。四周的人被惹得哈哈大笑，参谋长只顾弄他的枪。这会儿宝物并未逃开，而是出人意料地复扑过来，扯去了参谋长的一道衣边。不久，这一绺黄布就握到了老丁的手里。老丁注视着小村的方向，小声哼了一句："那好，咱来走着瞧吧。"

宝物忠于职守，是全场楷模。它喜欢暮色茫茫的树林，觉得这浑浑一片藏下了无穷无尽的奇妙。黯淡的光色中，它弓着腰往前跑着，有时跑到一只长嘴鸟跟前，长嘴鸟还毫无察觉。很多生灵都准备夜归了，它们招呼着收拾黑夜里吃的东西，一家子热热闹闹。宝物偏爱突然冲到它们中间，将它们一股脑儿赶开。最小的那一个跑得慢，它就叼上，扔到多刺的荆棘上。有一只老獾领着一只小獾，大模大样地从它面前走过。它愤恨地叫了一声，它们一闪就扎进树丛中去了。

宝物受到了巨大的藐视。有一次它看到小獾自己在啃食大獾留下的碎肉，就把小獾赶到一边去。它将三个最毒的蘑菇搓成泥汁撒在碎肉上，躲起来看着小獾回来吃掉了。小獾抿着嘴，宝物乐坏了。它跳出来告诉小獾：你是必死的。当然，从此这个林子里再也没有出现这只小獾。有一次它用同样的方法整治一只狐狸，那只狐狸笑着说：你说林子里谁是王？宝物说：我是王。狐狸说：我也看你是王，又有肉又有蘑菇，我看王吃吧。宝物骂了起来。狐狸笑着跑了。宝物后来才闹明白，狐狸话中的寓意是：你是个该死的王。它震怒了，火气烧得它不得安宁，鼻孔边上很快生了火疮。它一连几天嗅着狐狸的臭味，都没能成功。后来一个偶然的机会它才发现：那以后，狐狸身上沾满了野花瓣的气味。它想让黑杆子的土枪对付这个刁钻的敌手，黑杆子曾跟着它跑遍了林子，身上划了大大小小的口子。狐狸善于变化，有一次变成了老丁，将宝物恶狠狠地揍了一顿，就在狐狸得意地离去时，宝物闻到了臭味儿，一抬眼，见"老丁"衣襟下有一条粗粗的红尾。宝物示意黑杆子开枪，黑杆子没有看见尾巴，反而一怒之下用枪托捣了它一下。从此它觉得有一个红狐狸分去了林子的一半，而林中所有的生灵，包括树木花草，都在暗中分为两派。它从大杨树下跑过，如果碰巧有个树枝掉在它的身上，它就认定杨树降了狐狸。狐狸必除，它这样对自己说。一切的办法都使尽了，看来只得求助于老丁，而老丁无法明白它的复杂用意。一气之下，它偷偷毁了小屋旁的鸡舍，又将菜田搞乱了，并采集了林中散落的红色狐毛，成一束咬在嘴里，一声不吭地卧在脸色发青的老丁身边。老丁火气日盛，怒斥持枪的黑杆子，于是黑杆子加紧追杀红狐。几天过去效果甚微，"红狐"又毁掉了南瓜秧。老丁无奈暗中查访，用十六斤干蘑菇请来了小村里一位偷偷作法的法师。那是个骨瘦如柴、脸色灰暗的老人，手持一柄银色拂尘来到了林中。老丁及文太、黑杆子陪伴着法师，在林中徘徊。法师满脸的灰尘令宝物不能容忍，但它没吭一声。想到那个敌手顷刻间就要遭殃了，它无比高兴，从心里感激老丁。智慧的主人哪，英勇无敌，威震四方。宝物注视着法师的一举一动，渴望奇迹发生。法师从衣袖中取出一面精致的铜镜，利用树隙的微光反射着什么，小心地转动。突然法师大喝一声："哪里逃遁？"接着，铜镜不转了，他只用一手悬住，一手指着镜心说："看看吧，里面映出来了——一只老红狐狸，没有牙了。"老丁等几个人轮番凑过去看了，都说没看见什么呀。法师一拍脑袋说："噢，你看我忘了，你们都是凡眼哪！"他说着小心地将铜镜平移到一张白纸上，纸上画了八卦。法师指天指地，口中念念有词，接着收了铜镜，点燃了白纸。纸灰升向天空那一刻，法师猛地伸长了手指，指着飘飘黑灰喝一声："去——！"黑灰在风中很快消散了。法师搓搓灰脸说："行了。它已经被我贬了。久后也许出现在林中，不过已经不碍事了。"老丁问："你怎么不抓获它，宰了它？"法师小声说："一只狐狸闹到这步田地也不易，道行不浅了。都是通星宿的，不能太过了。"老丁醒悟地点头。文太和黑杆子也吐出了一口长气。宝物站起来，抖一下皮毛，匆匆地奔向林子深处了。它重新觉得是个王了。它向着夕阳叫着："王王王！"满林子都回荡着它的声音，威严更重了。它让老乌鸦停下来,给它扇一会儿风。老乌鸦离去时已是呼呼喘,它追上去又拔下一根黑羽来。它叼着黑羽往前走,见老鹰在撕咬一块兔肉,就用羽毛去换兔肉。老鹰只得忍气吞声地拾起黑羽毛飞掉。宝物有滋有味地吃了兔肉,步子懒散。它走了一会儿,看见了甲虫。几个甲虫慌慌地躲。它让它们都站住,一米远立一个,它要一步踩一个甲虫,从它们背上跳过去。这是带有试验性质的举动,宝物兴冲冲的。甲虫只得一字摆开,最后一只甲虫是它们的母亲。宝物先助跑,然后踏上了甲虫后背。甲虫抵抗着巨大的压力,宝物利用甲虫身上的弹力往前蹿跳。六加六等于十二,宝物高兴得恢复了一位数的运算能力。它从十二只甲虫背上蹿过。当它的脚落在最后一只大些的甲虫身上时,它有了一股莫名的火气从腹股沟那儿升起来,就在脚下使劲蹑了一下。大甲虫没来得及叫一声就化成了黏糊糊的一摊。宝物对一群甲虫的嚷叫充耳不闻,跳着跑了。树隙间所有的蜘蛛都在逃避,它们知道宝物最恨的就是它们了。蜘蛛在背后叫宝物为"丑凶神",并编了一套咒语咒它。那咒语像标语一样,呈一条条透明的细丝从树梢悬挂下来。宝物跑着,只要挨上垂挂的细丝,就是挨上了咒语。它们快乐地想,诅咒必定会应验呀。蜘蛛们的咒语是恶毒的,它们并不咒宝物马上死去,而是咒它有一天突然落入两个狠毒的人手中,让它受尽磨难。比如两个人最好是一男一女,一阴一阳,夹带着邪火整治折弄这条赖狗。两个人天性顽劣得也像宝物,俗称狗男女。狗男女治狗当然内行,他们会合伙侮辱宝物,让它死去活来。它们就这样唱念咒语,一边还弹着丝琴。茫茫夜色里,一时充满了蜘蛛的恐怖的歌声,宝物听不明白,只是不安。也许就是这歌声才使它不快,让它尽早结束了这一次出巡。

老丁很留意小村里的事情,特别是关于驻村工作小组的一些情况。来林中做活的民工一口一个丁场长地叫,十分乐意告诉他一些情况。他还从老七家里那儿得知,参谋长常来小店转转,喝酒解闷儿。老丁问她:动不动手脚?老七家里说:有时也动,不过都是喝醉了的时候。老丁一拍膝盖:那也算!他很快在小店里会见了参谋长,并以对待下级的态度跟对方说话。参谋长终于火了。老丁用一根食指点住他的左胸部说："不用急躁,哎哎,慢慢来。我告诉你,我们林场是工人阶级,你当然知道那算个领导阶级。俺掌握的情况很多。比如你在小店的事儿……嘿嘿!"参谋长脖子红了,半响不语。老丁又说:"我看你还是多支持我场工作,少些麻烦,是啵?"参谋长说:"也是,也是。"第二天,参谋长亲自送给了老丁一包烟丝、二斤猪肉。老丁收下了。参谋长一出小屋的门,宝物呼的一下扑上来,他大叫一声反身回屋。他从门缝里盯着气势汹汹的宝物,听见口袋里的小手枪急得吱吱响。他颤抖着嗓子对老丁说:"场长!我有一句话不知当说不当说。"老丁的眼一瞪:"说嘛。"参谋长捋了一下头发:"我这人哪,敬重的人不多,您算一个。您是有威仪的人。不过恕我直言,您的狗还不行。它该是有勇有谋的一条狗,这才配您场长。不过我知道,这也不怨您——它没有经过军训哪!"老丁连连拍手:"对对,没有!它越来越浑了,最近连一位数的加法都忘掉了。这是没法调教的一条狗。"参谋长一丝微笑在嘴角闪了一下,说:"老场长不嫌弃的话，让我牵去训一个月吧——那时它就是一只'军犬'了。"老丁兴奋地说："那当然好喽！谁不知道军犬厉害？那才好哩。"老丁说着与参谋长紧紧握了握手，参谋长抽出手时还打了一个敬礼。老丁全身热乎乎的，立刻唤来宝物，在它的泣哭声里上了三道绳索，并亲手将绳索的末端交到参谋长手里。

宝物怎样离开了小屋，是它一生也不会忘记的。开始缚绳索的时候它完全蒙了。后来就是流泪和挣脱。它全身的筋络都显现出来，皮毛起又落下，在原地弹动了五六次。老丁斥责了它，它呜呜地叫，委屈无限。绳索的末端握到参谋长手里的那一刻，它简直绝望了：那目光使老丁愣了一刻。后来老丁挥挥手说："走吧走吧，到那里你就会记起一位数的运算了。"宝物嚎着，两爪抵在地上，死命地抗拒参谋长的牵扯。"你看这是个很犟的狗。"参谋长对老丁笑着说一句，在老人不注意的一瞬间却用小拇指点画宝物的鼻梁羞辱它。它狂怒起来，两爪将泥土扬飞。老丁终于被激火了，抓起一根树条，猛地抽了它一下。宝物无声地垂下了头。它夹起尾巴，跟上参谋长走了。

59

村边上，迎接他们的是公社女干部。她远远地就鼓掌，还跺起了脚，宝物马上闻到了一股独特的臭气。参谋长走到她跟前，挤挤眼，指一下宝物：

"今天就开始军训。"

宝物从离开老丁的那一刻就决定了要忍耐。它只在心中哭泣，不是为自己，而是为智慧的主人。它不能原谅主人的这次荒唐。就这样，它安静地让参谋长和那个满脸横肉的女干部又在身上加了两道绳索。它已经没法奔跑了，只能在原地小步挪蹭。女干部嘻嘻笑，这个丑女人。参谋长说："听说它忘记了一位数的运算，看我教它。"说着解下腰上的皮带，抽了宝物五六下，大声问："三下加四下，几下？"宝物紧紧闭上了眼，脑顶皮毛像手指一样竖起三道。参谋长又抽打起来，女人浪声大笑。后来她用手去搔它的下颌，被参谋长制止了。他们嘀咕几声，不知从哪儿找来一个膻味很重的皮套，要努力套在它的嘴上。宝物用力忍着，到后来终于忍不住，猛地一甩长嘴。参谋长狠狠一皮带，正好打在它的眼眶上。半个脸肿起来。它全力挣扎，残牙一连数次露出，咬破了自己的上唇,呜呜的叫声传出很远。参谋长还是打它:"这就是军训。军训可是严格的,日你奶奶,军训了。"女人也笑,伸手在参谋长身上动了一下。参谋长手里的皮套子掉在地上,在女人耳边说了句什么,女人说:"哎呀哎呀。"她全身抖起来。参谋长"哼哼"地笑,用脚将皮套踢开一点,然后用一把锈瓢从便所舀来一些尿。宝物以为那是要泼到它脸上的,就紧紧合上了眼。谁知一会儿伸过来一根冰凉的棍子,宝物不理,棍子就在脸前捅来捣去。它火了,狠狠地将棍子咬住。棍子是铁的,锈层被它咬脱了,它还是咬。智慧的主人哪,英勇无敌,威震四方。宝物可不想在这两个凶残的敌人面前给老丁丢脸。它带着一股豪情和愤怒,差一点又折断一颗牙齿。但就在这时,铁棍绞转了一下,它的嘴给弄得张开了——一瞬间它明白是上了歹人的当,不过已是无可挽回地受辱了。半瓢尿哗哗倒进嘴里,又一股股滚到喉中,恶臭难当。宝物被浓烈的氨味冲出了泪水。参谋长说:"军训能哭吗?"宝物的泪水被解释为哭,是它一辈子都要咒骂的啊。它在地上滚动、蹬腿,不停地呕吐,翻了四五个跟头。参谋长连连说:"训没训过大不一样。不一样,你看你看你看。"女的鼓掌。宝物想到了雌狗皮皮,皮皮的泪呀,那时的皮皮的求饶声呀。你这个雌狗女干部,你早晚变成皮皮。宝物躺在尿液上,呼呼地喘息。可是参谋长用一个铁钩钩住它身上的绳扣,像拖一条死狗似的拖到身边,仍坚持给它戴皮套子,一边戴一边说:"一旦打起仗来,说不定有化学战哩,你不戴防毒面具还行?"说的时候下手狠起来,几下子就给它戴上了。这时的宝物真可笑。女人接过皮带抽它走,参谋长则喊:"起步——走!一二一二立定!卧倒!滚!前边是坑,是河,是流弹……"他们把它推倒又扶起,用脚狠狠地踢。女的累了,说:"这么折腾多费劲,还不如糊上粘泥烧烧吃了。"宝物身子大抖了一下。参谋长摇摇头:"老丁呢?玩笑。"他们说着将宝物拴到了小院角落一个碾砣上,进屋去了。约莫有半个钟点,参谋长才走出来。他松松垮垮地坐在破损的门槛上,喘着说:"你来治这条癞皮狗吧,我看着。"女的说:"俺也累了。"他们"咯咯"笑着,商定明天让民兵来继续训导。宝物注定要挨过一个漫长阴冷的夜晚了，它真想赶在天亮之前死去。它躺在那儿，当太阳沉下去，小院罩在昏黄的光色中时，一股燥热和微微的兴奋突然使它抬起头来。它茫然地四处观望着。哦哦，到了每天里宝物出巡的时间了。

它一天两夜未吃到东西，被各种各样的基干民兵训练，见了一辈子也见不到的花样。有的把它绑在树干上，给它实行假枪毙；有一次子弹真的从身上飞过，亏了皮毛脏乱阻隔了危难。有的把它坐在胯下当马，并不停地用鞭子打；它怎么驮得动，就死死地伏在地上。有的在地瓜饼里卷上一个小爆竹，冒着烟丢给它；它以为是饼烙煳了，刚刚咬到嘴里，爆竹就响了。还有人给它汤喝，刚喝了没有三口，一个大癞蛤蟆从里面大模大样钻了出来。总之是受尽了侮辱和捉弄，还伴着深深的惊恐。有的甚至想出这样的主意：烧红一个铁条，在它臀部烙上一个阿拉伯数码，像军队的战马编号。这亏了有人提醒说它最终属于老丁，才免了另一场皮肉之灾。一伙民兵走后，它真的快要死了。昏昏沉沉地躺在小院里，听着小屋里的动静。

它知道那个参谋长和女干部并不安睡,日夜喊喊喳喳。他们在夜晚弄出的各种声音,它非常熟悉。在它最痛楚的时刻里,竟然有人在花天酒地。它暗暗诅咒他们一起死去,不停地诅咒。它一直未曾察觉的是,它自己早已中了蜘蛛们的咒语。它咬着残牙,等待着奇迹。小屋里仍旧有喊喳声,渐渐宝物怀疑他们在策划一个前所未有的巨大的行动。它扬起脖子不停地向上嗅着,突然头在空中凝住了!它嗅到了一种毒蘑菇的气味!这气味它可是熟透了……毒蘑菇肯定就在附近——要被派做什么用场?经验告诉它,毒蘑菇出现在哪里,哪里就要有奇妙的故事了!一阵兴奋像闪电一样从脑际掠过。灿烂耀目的金黄色伞顶在一个角落闪动,一男一女在它的光焰下活动,两双眼睛射出了热辣辣的光。它闭着眼睛,那幅图景却是再清楚也不过的。要有一个奇妙的故事了。小屋里日夜喊喊喳喳,真的要有一个奇妙的故事了。宝物的残牙被咬疼了,它快乐地闭着眼睛。不知从哪儿涌来了一股力量,它费力地挪近了那棵可恶的树,用后背抵住树干,四腿绷紧,让身上的绳索像弓弦一样绷紧。接着它一下一下咬嚼着绳子。毒蘑菇灿烂的金色映耀着快要断裂的绳索。"嘣"的一声，弦沉闷地奏响了。宝物坐起来，不知脊背折了没有。它试着站了，一阵阵钻心的疼。它小心地挪动，到后来一跳一跳跃出了小院。出了院门，那股气味又追上来，它终于咒骂着转回身。小屋门缝射出微弱的光亮，它像人一样立起来往里望着。左边的眼睛肿大了，就是这只眼睛看到了屋内的龌龊和恶毒。参谋长和女干部紧紧搂抱，他们中间才是那一把闪闪发光的蘑菇。它们的花色和斑点都清晰可见。小油灯一闪一闪，蘑菇也一闪一闪。参谋长拿起一个小伞，放在眼前旋转。女干部欢快得装出要死去的样子。后来他们疲累了，说就那样吧。女干部用一个蓝色的手绢包起蘑菇，又把它放在小桌的玫瑰花旁边，接着吹熄了油灯。

　　宝物在夜色里爬进了小巷子。它急于寻到一点吃的喝的，浑身索索抖动。无数的鞭伤棍痕揪心地疼，它就咬折了身边的草木。有一个灰色条纹小猫在黑影里一跳闪进一个门洞，宝物紧走几步追上去。它看了门洞的木槛，心中有些快意。小猫在门洞里边轻轻地舔食一碟黑粥,宝物哼了一声。小猫伏下身子,后退了两步。多么香甜的食物。宝物张大嘴巴,只两下就把粥吸光了。身上有了热力,很快就不再抖动了。宝物用后蹄将小猫蹬翻。灰色条纹小猫的腹部竟是如此洁白,宝物忍不住揉了一下。小猫求饶地咪了一声,宝物大怒。它咬住皮毛将其提起来,重重地摔在地上,又迎着一张胆战心惊的小脸呼出了两天两夜积存的怨气。它把小猫全身都弄得又脏又臭,让它和自己身上的气味一般无二。宝物知道它的主人是小村里的一个"地富反坏"分子,它当然不敢不柔顺老实。宝物最后把小猫坐在屁股下边,像老丁那样眯着眼抄着手。它多么思念老丁。智慧的主人哪,第一回中了歹人的奸计。宝物眼中涌出了泪水,泪水又滴在小猫的耳朵里。后来它咬住了小猫的耳朵往门洞深处走去。它们进了屋门,听到了屋子主人有气无力的鼾声,看到了他们身上盖了一条破麻袋做成的被子。宝物在小猫的指点下找到了干粮篮子,扒开蒙布见到了一碗地瓜干糠团。它咬一口,又赶紧吐掉。多么臭的食物,多么反动的主人。宝物大骂着离开这儿,又跑进另一条巷子。它一连潜入五六户人家,都寻到了盛食物的篮子,碰到的差不多全是又涩又酸的糠菜瓜干。后来它好不容易咬死了一只鸡,将血吸净,再慢慢吃肉,直吃到太阳升起来。一群人在大街上唰唰走过,它马上想到了民兵。肚子饱了,它想找个地方躲到天黑。让老丁一个人待在空空的小屋吧,让老丁试试失去了宝物的寂寞和痛苦吧。它这会儿不知怎么竟想到了那个倒霉的雌狗皮皮,渴望着看到它的通红的脑门。它呜呜叫着向前跑去。

皮皮有一个圆圆的小草窝,弯在窝里害着相思病。它思念一条奇怪的恶狗,印象深刻。当这条潦倒的恶狗像闪电一样出现,皮皮差点昏厥。它的圆圆的屁股往后缩退,黑缎子一样闪亮的鼻头微微颤抖,又像某种成熟的坚果。宝物首先咬了它一口,让它泣哭。它的豁耳一动一动,像在回忆往昔那次甜蜜和不幸交织一起的经历。宝物瘦小英武,宝物勇力无限,宝物是林中之王。皮皮激动之后趋于平静,唱起了凄凉的情歌。宝物生来第一次将自己的遭际向另一条狗叙说,讲了它永生难忘的两天两夜。不过它小心地隐去了被灌注尿液的情节，只向其展示腋下的创伤。说到参谋长和公社女书记，那两个名字的音响是从残牙尖上流动过去的。皮皮不识好歹地泣哭，渐渐使宝物厌烦了。它恢复了仇恨和凶残，尽情地、毫不怜悯地蹂躏着皮皮，直到把皮皮的颈部撕咬得鲜血淋漓。皮皮大叫着，叫声怪异，宝物怕走漏消息，就狠力地窒息它。它不叫了，不过也半昏了。宝物就在它的圆圆的小窝里睡下了，睡梦中还要踢皮皮两下。皮皮浑身都被汗汁浸透，俊美的脑门上留下了三道牙印。它想安抚一下林中之王，这个仅仅在极短一段时间里才属于它的暴君——它把嘴对在宝物的嘴上，闭上了眼睛。它闻到了一股烟味，心中诧异：宝物像人一样会抽烟吗？宝物的呼吸逐渐变粗，不去理会皮皮。皮皮把烟味吸到肺腑中，幸福得无法言说。而此时宝物梦见的却是老丁，那个像石猴一样的老人双目闪亮，正吸一杆大烟斗。它的梦一直做到太阳西沉的时刻，就准确无误地醒来了。皮皮的嘴仍然对准了它，它就狠狠地吐了一口，迈着出巡的步伐向大街上跑去。奇怪的是大街上的人都急匆匆地走着，踏着血红的地面，谁也没有注意到宝物。它想在飞快挪动的这些腿脚上都咬上一口才好。人们渐渐聚集到一所茅屋跟前去了。宝物也挤在人群中间。茅屋里有人高一声低一声地哭着，哭诉说她不活了可不能再活了。宝物露出了残牙。它的鼻子扬着，突然在空中僵住。一股蓝色的气味飘到了它的鼻孔里。它闭上了眼睛。

灿烂的金色伞顶映耀得它睁不开眼。毒蘑菇在微笑。

哪里有毒蘑菇，哪里就要有奇妙的故事了。宝物每一根毛发都激动了，不顾一切地钻到最前面。于是它亲眼见到了披头散发的公社女书记跪在那儿，怀抱着一个脸色发青的男人——他已经死了，满身污秽，半截舌头咬在了牙齿外边。她的身旁站着参谋长，他手中握一把亮锃锃的小枪。女干部哭着："俺是多恩爱的一对夫妻啊！俺从来都是一条路线啊！不瞒同志们，昨晚俺还有那事儿哩！"头上包黑布头巾的老太太们哭了，痛惜地拍打着双膝。宝物却在一堆呕吐物旁边发现了那方蓝色的手绢，暗暗发出两声冷笑。它无声无响地取到手绢，反身跑走了。此刻的林中小屋里正端坐着老丁，老头子听到了熟悉的喘息声大吃一惊。当他看到满身血迹、半个脸肿胀的宝物，立刻大喊了一声。宝物伏在地上，昏了过去，只是口中仍含着那方手绢。老丁一眼认出公社女书记的物件，因为她曾在他面前掏出来揩汗。老头子记住了它一片蓝色中间画了一个金黄的毒蘑菇。他连连吸着冷气，半天吐出一声："他们要谋害宝物哩！"由于极度气恼，老丁额上渗出了一层汗粒。一会儿文太和黑杆子都大叫着跑来了，报告说小村里大事不妙了，公社女书记的丈夫来探视她，误吃了毒蘑菇，周身青硬而死。老丁闻听半晌不语，直看着那个手帕。后来他让文太取了手帕去找老七家里，又对着他的耳鼓说了几声。一会儿老七家里慌慌张张地跑来了，对准老丁做了几个手势，说："还不是这样的事？也忒毒了！"老丁严厉地用双目扫扫四周，说："人命关天，我们是工人阶级，是领导阶级哩！我们能不管吗？这个案子分场是查定了。"他看看文太，"这回是查定了。"文太找来纸张，几个人匆匆地往小村里赶去了。小村里,参谋长已率先成立了调查小组,并把结果写在了碗口大的一张纸上。纸的空余部分,还画了死者误食的毒蘑菇的图样。老丁看了现场,又分别找人谈话,参谋长再三阻止也没用。公社女书记对老丁说:"俺男人死了,俺的眼泪都哭干了哩,你算什么?"老丁招招手,让她挨近一些,对在她耳朵上说了句几十年没说过的粗话。女干部吓得跳开了几尺远。又过了三天,老丁弓着腰回到了林中小屋,对宝物亲得不能再亲。他一边抚摸着它的三角头颅,一边编出了一首歌。他唱了一遍又一遍,后来连宝物也记住了。"毒蘑菇演化出的故事万万千,俺宝物也通晓一二三……这就是民间事那么小小一段,日月风尘埋下了沉冤。"他唱啊唱啊,有一天参谋长来了,刚听了一句就脸色煞白。老丁只是唱。参谋长拱起手:"好爷爷不要唱了,俺一辈子都孝敬您老,您才是高举红旗的人。"老丁不唱了。第二天参谋长和女干部送来了一筐子烟酒,老丁眼也不睁地哼一句:"抬进来。"他们把东西递上去,老人像瞎子一样摸了摸,说:"不错。"参谋长害怕宝物,躲开了。老人又摸了摸女干部递上来的酒瓶,重复一句:"不错。"

宝物周身的伤慢慢长好了。它像往日一样的丑陋和精神,也像往日那样,在暮色苍茫的时刻里急急出巡。

五

林子里的活计很杂很多,常要招来一帮子民工。老丁坐在帐子里,让文太、黑杆子及小六管理民工做活。他们在人群中走来走去,大背着手。老丁很少到林子里,有时遇上顺眼的姑娘,就让她到小屋去补麻袋。一分场有很多麻袋,都是用来盛树籽的。老丁让姑娘坐在破麻袋上穿针走线。他认识的姑娘很多,大都有过深入的谈话。这时的老丁温柔体贴,循循善诱,使做活的姑娘满脸通红,下针紊乱,不止一次把手掌捅出血来。姑娘们都穿了土布衣服,那彩色是野萝卜花、沙蒜叶子染出来的,而且打满了补丁。老丁从隔壁的厨房取来金黄的玉米饼子,端来剩下的蘑菇菜汤让姑娘吃。每逢这时,她们什么都不顾了,一会儿吃得满头大汗。姑娘抹着嘴,喘息着,看着老丁。老丁说:"分场是国家的,国家什么没有?和国家的人好上了才是福分。小村的人像蝗虫一样多,他们遇上个国家人难哩。说到我这个人,年纪是大些,不过思想可不旧。俺是个'人老心红'的人。"他说着拾起姑娘的手,一下一下拍打,目光里射出无限的希望。姑娘涌出了泪水,求饶道:"丁场长……"老丁生气地把手扔开:"这有什么!你啊,真是个没有见过世面的人,你让我怎么说你?也罢,也罢。看看你的眉眼吧,打心里让我坐不住。"他转身取下了宝剑,亮亮姿势舞起来。姑娘坐在那儿,他围着她边舞边转,让道道剑光不时映到她的脸上。姑娘用手挡着脸,老丁就越舞越快。姑娘尖声叫起来,倚在了他的身上。老丁拍拍她说:"你看见了我的剑法?我有好剑法。告诉你吧,丁场长的剑是用来报仇的。说不定哪一天我辨出那个仇人来,就是一剑。我舞弄起它来,十个八个人近不了我的身。别人的剑亮,那是上了电镀。我的剑哩,是风砂磨的。一把好剑哪。省里一位首长要花上千块钱买走，我睬也不睬他。我是一场之长，理该有一把宝剑。"姑娘泪痕未干就笑起来，老丁也笑了。他给姑娘梳了头，还给她扎了个奇怪的发式，看上去像个猫头鹰。有个叫小眉的姑娘常来补麻袋，挣六角四分五厘的工资，比一般民工多出五厘。她长得黑乎乎的，脸是方的，下巴往上翘得很厉害。老丁第一次见到小眉就说："真好。"其实所有人都不会说小眉漂亮。村里的姑娘们在一块议论说："最丑的就是小眉了。"春天的风把小眉的脸庞吹暴了一块块白皮屑，这皮屑直到秋天还留在脸上。她瘦瘦的，肩头很尖，破旧的衣服灰迹斑斑。只有一双黑黑的圆眼平静地亮着，比所有人都成熟，像个过来人似的。老丁觉得她很实在，实实在在地要玉米饼吃，实实在在地索取工钱，这之后，才安稳地坐下来缝麻袋。老丁认为，对待她也应该实在一些才是。她不会像其他姑娘那样狡狯刁泼——她们什么都骗走了，吃得肚腹圆滚滚的，甚至在老丁的怀中伸长着腰身拧动（后来老丁才明白那只是为了有利于消化）。到了关键的时刻她们却寸步不让，又哭又笑，做出不同的鬼脸，像抽走一条手巾那样从老丁怀中抽走她们的身体。老丁想到这里就无比忧愤，一个人时叫着她们的小名痛骂。他是怀抱全新的想法跟小眉相处的。小眉补着麻袋，右手里的粗线擎得很高很高。她的神态像是在给自己的娃娃缝制单衣。老丁看着她，她也偶尔抬头看看老丁，两人有过一场动人的谈话。老丁说："世上的一些事不能看得太重，是吧？"她把针插到麻袋上："是的。"老丁又说："我不知道你怎么看这林场。""林场老大。"老丁用食指刺刺头顶："嗯，实在。不过你怎么看这场长呢？""场长是你。"老丁笑笑："实在，实在。"他磕磕烟斗，"要是场长跟你好起来呢？"小眉拉出长长的线："不行啊！""怎么就不行？""俺不乐意。"老丁端正了烟斗："怎么好不乐意？""俺是老大。""老大咋了？"小眉抬起头："俺姊妹四个。我说过俺是老大嘛。一家子人里面，老大走了邪路，个个都走邪路。"老丁紧皱着眉头听完了她的话，一拍膝盖："实在啊！"他全身松软地歪在那儿，目光像即将熄去的灯苗。有好长时间，老丁一句话也没说。他望望宝剑，又望望小眉,用手轻轻捋着胡须。小眉补好了一个麻袋,将袋角掖进去,像披个雨衣似的披在了身上,继续补另一条麻袋。她的刘海从袋角上探出来,黑黑的小脸闪闪烁烁。老丁的双手举到脸前,摇动着:"好姑娘啊好姑娘,你生就一副好心肠。我一辈子背过脸去,还是能记住你模样。"小眉笑了:"唱歌似的。"老丁站起来,往前挪动一步说:"你是个通大理的人,说话不多,句句有板眼。好啊,快熄了你场长大叔的心火吧,快点吧。"小眉点点头,咬断了麻线。她站起来,欠身到干粮篮里扭下一块玉米饼填到嘴里,往门外走了。老丁咬着牙关,最后问一句:"真的不行吗?"

小眉点点头。老丁猛地扬了一下手臂。小眉长腿一撩,跑进林子里去了。

做活的民工永远被蘑菇引诱着,无法安心工作。因为蘑菇不一定什么时候就出现。他们把蘑菇用柳条串起,挂在腰带上。蘑菇的老嫩不同,品种不同,颜色斑斓。文太、黑杆子、小六和军彭,都分别率领几伙民工。文太有时和民工一块儿采蘑菇,一会儿又嫌他们耽误了活计。民工说：林场的工钱忒低，俺来做活也是为蘑菇哩。文太哑口无言。他不断采个颜色鲜艳的献给姑娘，姑娘接到手里说："有毒，有毒。"文太不得不掰下一片放进嘴里嚼了，说："有吗？"蘑菇的品种很杂，什么有毒，什么无毒，谁也讲不准。大家只采绝对有把握的，比如小砂蘑菇、柳黄、松窝和杨树板等。有一种蘑菇叫草纸花，刚生出时雪白莹亮，接上就发黄；两天之后它变得像天空一样蔚蓝。大家都说草纸花是有毒的东西。有人不信，试着嚼了一点点，结果手舞足蹈。文太说："这不一定叫做毒，它不过能让人添些毛病罢了。"他不厌其烦地对她们讲解各种蘑菇的品性，并和她们一起到树丛深处采蘑菇。他的话，一般姑娘都不太信，因为他常常话中有话。他说："我说话都是有根据的，我的古书底子很厚。"不少姑娘都跟他保持了淡淡的友谊。在跟她们的交谈当中，文太常常要说到老丁，一说起来就没有节制，误了工作。他说："我们都要学习老丁。丁场长是个了不起的人，可他从来不说自己了不起。比如对待蘑菇，他是熟得不能再熟，一辈子就吃这个。

他闭上眼也知道你手里抓到的是什么蘑菇，错不了也。有毒的，毒在哪里、吃多少能死、吃多少能半死，他都知道也。你们也不用躲着他，像防什么一样——其实迷上他的人万万千千，只是他不肯那样罢了。再说他要真想干点什么，防也白防。他会使剑，还会点穴。你动得了吗？老丁坚强啊，党性强啊！"文太口吐白沫，像吃了毒蘑菇一样。姑娘们问：蘑菇有多少种？文太严肃地点一下头："七种。老丁场长说这里也不过七种。你别看到处花花点点的，其实都是演化出来的，归根结底也不过是七种也。"姑娘有的傻笑，文太用食指去捅她一下。都说文太不是正经人，说丁场长没有教育好他。文太气愤地嚷叫："这话也就是在这儿说吧，在别处说站不住脚！说我文太可以，说老丁场长那不行。"民工当中的中年妇女跟文太关系良好，这些人差不多都让文太想到了总场场长申宝雄的老婆。他跟她们谈笑自如，几乎没有奥秘，一直轻松愉快。文太在她们面前自觉小如顽童，母爱在这片林子里泛滥成灾。文太这时真不像个领工的，对她们百依百顺，跑前跑后。她们一会儿让文太这样，一会儿让文太那样，使文太累得直出虚汗。有一个大河蟹从树阴下沙沙地横行过来，中年妇女一片惊呼。文太就在众目睽睽之下伏身爬着，跟在它后面爬了几十米。大河蟹在旱地生活久了，品性近于蛇，也像蛇一样有毒了。所以大河蟹每一次都是安然走去，步态潇洒。文太闲下来时也议论一下小村里的事情，说到参谋长和公社女书记，就"咯咯"地笑。他说："女书记年轻时怎样，我还不知道？"中年妇女说：你知道个什么！文太的鼻子蹙起来："总有一天讲讲她那些好事。有意思啊！"他提起小村里几个"地富反坏"，立刻咬牙切齿。有一个叫金松的富农，又瘦又小，走路一摇一摇，一口气就能吹倒，脸上生满了老人斑。文太对他的模样特别不能容忍，说："我一看见他，气就不打一处来。反动的东西，你不打他就不倒。"说过小村，他又议论起分场里的事情。这照例要从赞扬老丁开始。说到宝物，他机警地四下瞥瞥，小声说："不过老丁对宝物也太偏心眼了。有些机密的事情，跟它说，不跟我说。听故事时，好位子也让它占了。"妇女们愤愤的：一条狗懂什么！文太摇头："哼，它的心眼都在里边，除了老丁谁也提防。不瞒你们，它是个仇恨妇女的东西。"大家尖叫了起来。接着，文太又说起了小六："小六可不是个平常人。如果发生了杀人案，凶手肯定就是他；如果有人强奸了妇女，那个罪犯肯定也是他。他比某些蘑菇更毒。你不要看他又黄又小，人莫可貌取。那是让阴险的盘算压制得长不太大罢了。近一段时间我场出了叛徒——我们正在追查——我可没说是小六——老天做证我没有说是他。我只是说人民应该怀疑他，而怀疑是允许的，不是吗？听老丁场长说，很早他就被叛徒出卖过，他心爱的人（即小娘儿们）也被叛徒出卖过。当然了，那是战争年代。不过今天也是硝烟滚滚哪，看看老丁舞剑吧，那真是刀光剑影。老丁说，叛徒总要查出来的；而一经查出，他也就活不成了。我最后要提醒你们的是，小六不可不防，毒蘑菇比起他来也算不了什么。平时不要跟他说话，没有好处。走路也不要离得太近，没有好处。他这个人闹出了天大的事，也不必大惊小怪。一句话：他是真正的坏人⋯⋯"中年妇女们一声不吭地听着，姑娘们紧张地喘息。这样安静了一小会儿,突然她们之中有人喊道:"文太,你是好人,你能回小屋里偷一块玉米饼给咱吃?"不少人咂起嘴来。文太半天不吭气。"能不能呀?"又有人催问。文太摇摇头:"不能。只有老丁场长一个人经管玉米饼。那是国家按人头发下的口粮,是我们工人阶级(即领导阶级)的食物。"人们失望地叹气,搓着手。有一个一只眼大一只眼小的中年妇女一下子躺在沙土上滚动起来,嚷着:"老天爷爷给块玉米饼嚼嚼吧,俺也不枉活了这一遭哩。""那是人家的食物,啧啧,人家的食物。"大家叹息着散开了,又蹲下来做活。这会儿树丛摇动起来,像刮过了一阵风。小眉从树丛中钻出来,脸色通红,一直向前跑去。有人叫她,她也不停,直跑到另一群民工中去了。文太盯着她的背影,突然意识到那些民工是由小六率领的,就不安地向前走去。

小六率领民工的方法与文太差别很大。他不闻不问,只是苦做。那片化制墨水的染料引来了申宝雄,但要令他后悔一辈子。好像就是这片染料把他给染黑了,他成了一个该死的黑人。不过他就不信总场场长申宝雄会一败涂地。晚上,他睡着了还紧紧咬着牙齿,把希望咬到牙缝里。他做过的最可怕的噩梦,就是一个石猴似的老东西从紫帐里走出来,手持一柄宝剑。这些日子他不停地颤抖,肌肉越缩越紧,整个人越发显得干瘦了。有一天,他球着身子在苗圃里拔草,一个黑乎乎的姑娘从跟前走过,他正好抬头去看云彩。他看到的是她的一双大眼。有一股浓重的苦艾味儿从她身上飘过来,令他不能安稳。他说:"不准乱跑。"姑娘站住了,嘻嘻笑着说:"你真瘦。"他喝一声:"胡说。你叫什么?"姑娘坐下来,一下一下把眼前的小草拔净。临走的时候,她告诉小六自己叫小眉。从那以后,小六就记住了她的名字,常在心里念叨:"小眉小眉小眉。"他去过几次小村,一个人在街巷上溜达。他遇到的都是不愿遇到的东西,比如老七家里向他冷笑,见他走过,就在身后泼一盆水;有一次,他拐过一条巷子,见宝物从另一条巷子里探出头来。夜里风声大作,千树摇动,像有一万个小眉来到了林子里。他赤着身子跑出去,跑离小屋没有多远又被藤子绊倒。那一次他被寒风吹病了,浑身火烫。病好之后,他暗暗发誓再也不念叨小眉了。可是不久小腹疼病难忍,他苦苦挨着。第十天上,颈部右侧生了个疮,然后是溃烂出血。半个多月之后伤口才见愈合,这时候痒得他恨不能哭喊出来。一阵又一阵的折腾,令他骨瘦如柴,喘息比猫还细弱。他还是没有忘记小眉,只是不念叨了。他要想法儿使心中的一切让小眉都清清楚楚。决心已定,他就行动起来。一连几天他坐卧不宁,连宝物也感到了有什么事故要发生了。他知道事情周折无限,不过还要耐心等待。也就是这苦苦等待的时刻里,一个崭新的人物出现了,那就是另一个枯瘦青年军彭。他是总场派来的!小六当时心中一动,立刻想到了申宝雄。一线崭新的希望霎时把小眉冲没了,他最急于弄明白的就是军彭这个人了。他低头拔草,心中却不停地琢磨军彭。小眉跑过来了,他又嗅到了浓烈的艾草味儿,但这味儿已经不像这之前那么诱人了。小眉喘着站在那儿,不住地呵气。小六僵硬地站起来,一说话就口吃。小眉说:"你们国家人真怪啊!"小六敷衍着,眼睛却向一旁望去——他发现军彭正披了学生蓝制服在树丛里活动,像是踱步。他一动不动地望着。小眉说:"哼呀,你还不转过脸来。"小六转过脸,正好看到文太向这边走来,就躲闪似的往军彭那儿走去。小眉蹲下来拔草了。

军彭在踱步,目不斜视。

文太藏在树叶后面了,他要看小六怎样走过去、军彭又是怎样对待他。文太认为小六第二次买走了一片化制墨水的染料,总场就派来了这样一个人,需要琢磨。如果军彭是申宝雄的人,那么必然与小六接头;若军彭是申宝雄老婆的人,那就必然来与文太接头。当他眼瞅着小六向军彭接近,一颗心不禁怦怦跳起来。他想关键的时刻真的来了。他拉了拉树条,以便看得更清楚些。他看到军彭仍在踱步,小六走着"之"字接近。军彭与小六只隔了一丛柳棵了,一转脸就彼此发现了。小六伸出手掌,竖着往前一推;军彭一愣,慌慌地点头——文太把一切都看在眼里,心中快乐得像有一只美丽的小虫虫爬过。他想那肯定是暗号不对。这就是说,他们一开始接头就不顺利。他继续看下去。小六费力地绕过了柳棵,腰多少有些弓，小步向前踣着，老远就伸出了手。他们握手了。握着手，小六仰脸又说了什么，军彭像耳聋似的侧脸倾听，听完之后用力握一下对方的手，松开了。小六枯瘦的身子斜楞着，那嘴像被木胶粘住了一样，动了几动也没有张开。后来小六伸出了右手并很快成拳，发狠地往下一沉。军彭严肃而平静地点点头，抹一下头发。他重新踱起步来，小六也愚蠢地跟上，学他那样背起了手。他们一边走一边说话，偶尔打打手势。文太猜不出说话的内容，但敢肯定两个人并没有接上头——或者是申宝雄派来的这个人根本不信任小六，或者压根就不是申宝雄的人。但文太坚信此人在这个节骨眼上来到这儿，必定肩负使命。他想我要出马了，我要当着小六的面亮一亮古怪的智慧了。真正的暗号别人是听不出来的，而内中人一嗅就知道。可怜的叛徒坯子，只可惜没有心智。文太想到这里提了提衣领，跨出了树丛。他想活该到了打断你的时候了。两个人正低头走着，文太在后边咳了一声。军彭立刻回头，小六脸色蜡黄。文太对军彭打了个敬礼。军彭也打了个敬礼。文太说："辛苦辛苦！"军彭摇摇头："哪里哪里！"文太注视着他的眼睛，一动不动，并且一边看一边暗中往前移动。军彭眼也不眨，但目光故意落在一旁的一株野蒜上。这样过了有五六分钟，文太的眼睛一动未动。军彭看着野蒜，一声不吭。后来他终于大喊了一句：

"文太同志！"

文太长长地吐了一口气，面色和缓起来。他接上问："宝雄同志可好？""好。""宝雄同志爱人可好？""好。"文太点点头："那我放心了。"停会儿他又问："总场对这儿有过指示没？来时见了宝雄及他家里人没？没？没？那好那好。"小六在一旁死死盯住，双手插在衣兜里。文太瞥瞥他，想：多么坏的一个家伙，把手插在那儿！如果兜里有个枪，他会在抽出手来的那一刻打死我们的！文太咬咬牙，重新与军彭对话。军彭是个极为消瘦的青年，这一点文太过去估计不足。他第一次离这么近打量对方，发现了他微微发青的眉宇间，有一道深刻的竖纹。这使他显得庄严有余。文太在心里骂了他一句。不过文太微笑着，始终亲切地与他说话："你认为分场工作情况怎样？领导和群众如何？总之，初步印象。"军彭"嗯嗯"应答，说："我认为是好的。这里有这里的特殊性，即普遍性与特殊性的统一了。这儿条件当然会艰苦，不过不艰苦还要你我这样的革命青年干什么？有命不革命，要命有啥用。就是这样的。望我们团结一致。"文太紧紧握起对方的手，摇动不停："太对了，太对了，你几句话就说到了我的心坎上——总场派下来的人水平就是高——当然我们都是派下来的……"他揉了揉眼睛，不愿松手。军彭接上说："刚才我已经跟领导，就是小六同志谈过这些想法了。"文太的双目猛地睁大，转脸去寻找小六，可那家伙不知何时已经溜走了。文太大呼道：

"天哪！你把一个什么人当成了领导！他怎么能是领导！他把一个不熟悉情况的同志欺骗了呀……"

军彭不解地摊摊手："他说他是总场任命的组长。"文太吐着骂道："特务！叛徒！这是一分场，这里哪有什么'组'。他专找新来的同志钻空子哟。我们有场长，场长有办公室，他在办公室里办公，他就是老丁场长。你不是已经见过他了吗？那才是真正的领导。走吧,你们该好生谈谈了,走吧,我领你去见我们真正的领导——他大概这会儿坐在帐子里呢——你知道上了年纪的领导人一天一天都是坐着。我们走也。"他说着扯上了军彭的手,拨开树木枝条往前奔去。"民工呢?我们在工作呢!"军彭嚷着,身体往后用力。但文太就像什么也没有听见,满脸发红,不顾一切地往前走。"我认识老丁同志,我难道没见过老丁同志吗?"军彭一边走着,还是嚷。文太点点头,又摇摇头:"那是另一回事,那时你还不知道他是领导嘛。这就不一样。你有没有这样的体验:同一个人,你把他看成领导,再去端量就什么都是了。老丁场长可不是一般的人。你猜小村工作组有个参谋长是怎么评价老丁的?他说:你是个有威仪的人。你想想吧军彭同志,想想这是什么情景。"军彭再不言语。他们就这样手拉着手来到了林中小屋,路途上磕磕绊绊,甚至遇上了一对漆黑的蝙蝠双足相连挂在树枝上,遇上了盘腿端坐的狐狸,他们的手都没有松开。小屋旁,宝物的窝空着,四周也一片沉寂。文太捏紧军彭的手,小心地上了台阶,跨进了空洞洞的屋子。屋子的一角就是沉甸甸的紫色帐子，里面传出轻轻一咳。文太也咳了一声。"谁呀？"帐子里传出了老丁的声音。文太忙答："老丁场长，我领军彭同志来见场长了。他原先不太了解情况，所以来迟了。他现在非常想见见领导，做一些汇报等等。"帐子里一点声息也没有。军彭让文太捏住的那只手已经渗出了汗。军彭盯了文太一眼。又停了两三分钟，帐子里传出了一声："走近些来。"文太松了手。军彭揩揩手上流动的汗水，走上前去。老丁端坐帐中，背后的墙上是悬起的宝剑。他闭着双目，眼角一动一动，问了句："何时参加工作、主要社会关系、出生年月日？"军彭点点头，双手不由得贴到了双腿的裤缝上，背答："参加工作约有半年，社会关系无，可能是二十一年前风雪交加的一个夜晚出生。这些如实载入档案，档案现正捆在背包上的一双白力士鞋后面，用一块油毡纸包了。"老丁睁开了眼，不满地哼一声。军彭接上答："领导尊听。我本是一烈士遗孤，生前不知父，生后不见母。我在党及贫农老大娘的抚育下生长成人，接受哺养。后入学念书直到完小,而后回乡务农,主要负责在沟边渠畔点种蓖麻、向日葵等油料作物。再后来上级照顾让我就业,就业后听说先父曾在这片林中打过游击。为继承先烈遗志,我反复要求来这里工作。简单汇报就是这些。"话音刚落,老丁一下子从帐中跳下来,紧紧地攥住了军彭的手。"你原来是烈士子女,可你这么瘦小、这么朴素。这更让我尊敬——文太!"老丁喊了一声,文太赶紧上前一步。老丁一手指着军彭说:"你今后要向他来学习。"文太点点头。老丁说:"好了,这次我们一分场算是加强了。以后的情况你会一点一点分明。有什么困难、有什么要求,你只管找我提出。全场从工人到宝物,一共六个,分工不同。反正这一下是加强了。"军彭被突如其来的巨大热情烧得不能支持,双脚频频踏动。老丁想起了什么,又问:"先烈——我是说你父亲,叫个什么?"军彭答:"听说叫吴得伍。""有什么特点?"军彭低头思忖:"听说,他脸上左下边有块疤。"老丁抬头看着窗外,说:"噢,噢。"老丁对军彭又说了些激励的话,然后就打发他去林子里了。文太站在原地未动,老丁掩了门。文太说:"场长,很严重。"老丁说:"?"文太重掩了一下门:"今个我发现小六去跟军彭接头,可没对上暗号。我一下明白了,来的不是申宝雄的人!"老丁大笑:"烈士子女嘛!他会是申的人?"文太皱皱眉头:"我试了试,送了新暗号,知道也不是申宝雄老婆的人。""那也好。毛主席说白纸才好。白纸能重新描上花儿。"老丁的话一停,文太拍一下手,夸道:"丁场长脑力绝了,绝了。"

接下的一段时间里,老丁突然变得无精打采的。文太跟他说话,他也不愿回答,蔫蔫地躺在了帐子里。文太注视着老人,见额上的横皱不停地蠕动。老丁躺了半响说:"文太啊,我心里有火。"文太一声不吭。又停了一会儿,老丁又叹了一声:"这话我也只能跟你说了:我心里有火。"文太伸手握住了老丁硬硬的手掌,紧紧握着,一切尽在不言中。这样握了一会儿,老丁坐了起来,一手搭在文太的肩上:"我一夜里在帐中滚动三两次,睡不沉。睡不沉哪。你可能知道这是谁的效力,这是她,那个女教师,一个方方正正的人。我想念她呀,觉得她没有一丝儿不好。我装在心里，只是不说。一辈子我喜欢上的人太多了。不过这些年把我折磨成这样的，还是头一回。我不知多少次在帐里看她给的材料，字字都亲。我们怎么不能给她一些写成的东西呢？让她也这么一字一字看，字字都亲。几天来我就琢磨这个。我想顺便也夹带几斤上好的蘑菇。你知道人家是有文化的人，看重的是纸上的字。一张嘴就说出的话，太轻，人家不看重，你说对不对？"文太想了想，说："你是指写一封求爱信？"老丁一拍大腿："就算是吧！"文太飞快地搓手，双手搓热了，又一下捂在脸上。老丁逼近了问："怎么样？快快动笔吧。"文太又搓手。老丁等着回答，等不来，也搓起了手。停了一会儿，文太弓下腰，到锅灶底下刮起了烟油灰——他要用烧酒调制黑墨汁了。老丁搂住了文太："我们是上下级的关系，可最好的兄弟父子也不过这样。文太，我念你编，咱的成败全在信上了。"文太不说话，只是一下一下刮着。他在积蓄内力。结果第一天只是用来调制油墨，第二天端着油墨坐在帐子里。激动得手抖，无法落笔。直到第三天夜里他们才把信写好。信装在一个牛皮纸袋子里。文太想了想,又采了些红色的花瓣放进去。信在送走之前,他们一遍又一遍朗读。老丁眼里汪着泪水,差不多整整一封长信他都背得上来了。信中写道:"尊敬的国家女师,请先领受俺林中人道一声安康。在下心中激动,以至于提笔忘字,更不敢直呼芳名,故而称您为女师耶。知您重责在身,为国训材,时间尤其宝贵,所以言短情长,并选择洗练之文法制作此信。时逢半夜三更,室外黑色千里,万籁俱静。遥想您来该场之情景,勇气倍增。不知此时此刻您是否安睡枕上,正进入香甜之梦乡?该寝室必定异常简朴,适合无产者居住,素雅大方。且有无数学习材料、文化书籍和教学仪器,并有一个能拨拨动动的铁架地球蛋。素花锦被裹您纤躯,随徐徐呼吸而微动,满室芬芳。哪似我处这般肮脏贫寒,臭汗熏人。季节已临深秋,我心诸多凄凉。几次欲去校舍一叙,无奈双腿如铅,胸跳如雷。可见我心仍如童男一般火烈鲜红,青春未熄。每至深夜三星西斜时分,我必坐起向南即校舍方向观望,全身大抖,之后还要喝三碗凉水以镇阳躁。吾辈有幸也不幸在林中一睹芳容,接上再不能安眠。其情景如电影一般反复演出,思绪万千,口中喃喃。眼见得两颊变红,手足脱皮,日日呼其姓名见其倩影。将心比心,您在舍中独自一人也必然不堪其苦,做多方设想。人之常情我最知晓,因而能够体贴爱抚。独身之苦,苦似红铁烙肉,常人无法想象。您清晨即起,漱口刷牙,穿戴齐整梳头三遍,又用粉红香皂洗了脸面,光滑如玉。然后走向舍前空地缓缓挪动谓之散步,引逗百鸟齐声鸣唱,其中雄鸟居多。不是芳心不动,实是意志坚定。待到铁钟一叩,嗡嗡有声,千家小子鱼贯入室,上课开始。一只小手紧握木条名曰教鞭,在黑板上来往指点,疼煞林中老人。我愿化一孩童端坐其中,嗅您气息闻您芳音,至死不归。我想您通体无一处不洁净,真正是完美无瑕。方圆几十里空气清爽宜人,必有气体蕴您贵腹又从鼻孔排出,能辨者是您爱人无疑。在下说到此,大胆吐露真情,唯有我日夜可闻异香。看您双肩圆软平整杯水不荡,背肉丰厚又能显腰形,一望可知是学识丰富之处女,非领导而不嫁。我虽资历深远,品德高尚且身为一场之长,但比您微不足道,恰似一短短毛虫。可欣慰者唯筋骨韧壮,百折不挠,经得起您长年摔打。说到此愿再进一言：您不必在日后同枕之时过分拘谨,因级别及革命经历不同而视为畏途;实际上他平等待人,礼贤下士,死而后已。也不必因其年迈而小心翼翼,鼠目寸光,过分溺爱问寒问暖;事实上他久经磨炼无比泼辣,皮如村童,那时节无一刻可安稳。小家建立,吃荤吃素由您而定,挑泥担水让我去做。据估计很快会有贵子,哇哇大哭令人欢心。到时候穿针走线做成一件小袄,穿上后只露出红色小脸及手部脚丫。哺乳期多食米饼蘑菇,催其奶水,并辅以米粥。经考证小砂蘑菇最为适宜,可令文太多方搜寻,每日一碗,对此他已许下保证。这期间必有学生来探女师,团团围住我室;我定然按时前去驱赶,让其作鸟兽散。至夜晚风摇树动,如鬼泣哭,我当怀抱妻女,右手持剑而眠。睹娇儿样并端详您之睡态,幸福无比。唯担心我爱心太切,深夜里手脚过勤而误您安眠。到时候为求两全,宁愿让您缚我手足以待天明。妻子在哺育生产期必然释放浊气,昔日芳香化为些许腥膻。但幼童鲜嫩如花,其瓣也薄,阵阵菊味与母中和。总之小家三口世人皆羡,一场长一女师一未来之接班人。写到此我不觉泪如泉涌,手脚火烫,您见纸上块块斑点,即是泪痕。想当年众女把我追逐,避之唯恐不及,但毕竟偶有损失,男人名节难以保全。至今吾尚独身,皆因眼眶太高。后半生遇上女师也是万幸,如蒙看上一眼,死而无憾。从今后白天骄阳是您笑脸,夜晚星月是您明眸;风吹草木,是我泣诉。还求您多来林中采药寻菇,如逢天色太晚投宿林中,更是全场革命职工之殊荣。最后还望您多多保重身体,避开世间各种可能之伤害。荒村陋室,刁民无数,青壮光棍,最为悍暴。如您一人外出散步,最好藏一银针袖中,冷不防歹人蹿出,或可扎中。亦可取灰面一把装入花衣内兜,悠悠然双手插兜而行,见恶人则扬手以灰迷其双目,始得脱身。也有刁民性情胆怯,往往做出种种淫相,不可正视。总之处女之身如花之鲜、如果之嫩,千万当心保存。切不能自毁自弃,不虑千日只求片刻,成终身之恨耳。忠言逆耳利于行,良药苦口利于病,还望您坚贞不屈,保持到底,坚持到最后胜利,做到童叟无欺。林中老人含泪顿首。敬上。致革命敬礼。八月二十二日丑时。"

老丁双手抖着以面糊封了牛皮纸袋,又捆好了一大包鲜蘑菇。

六

为稳妥起见,近日黑杆子与小六共同率领民工做活。这样小六身旁就有了一个背枪的黑汉。有一次小眉从家里带来一个烧得黑乎乎的地蛋给小六,被黑杆子从中截了,掰开看了看热气腾腾的瓤儿,又嗅了嗅,才还给小六。小六一个人去树下解溲,如果久了,黑杆子也要跟去。只有猎物在远处鸣叫时,他才离开一会儿。有一天他手里提个野鸡从树棵间探出头来,一眼望见小六直盯着前面几尺远的小眉,就急急呼喊:"文太!文太!"文太闻声赶来,黑杆子用枪指指小眉,又指指小六。文太走到小六跟前,端量着他说:"工人阶级能这样吗?"小六哼一声:"我不过看看。""工人阶级能看看吗?"黑杆子在一旁附和文太："幸亏丁场长不知道。"文太商量说："好不好写个检查什么的？"小六大嚷："我没有钢笔水。"文太笑了："那你买一片化制墨水的颜色干什么了？去年一片，今年又一片，对吧？"小六不语，黄黄的小脸渐渐转青。文太走开了，一边走一边咕哝："还是丁场长说得好——吴三桂勾引来清兵，留下千古骂名啊！"小六像肚子疼一样蹲下去。黑杆子说："你这样就像个兔子，不够我半枪打的——嗵！"小六伸手去拔草，汗珠从额上流下来。一会儿军彭走近了，说："小六同志，我对你有看法的。"小六瞥瞥黑杆子，军彭就请他走开了。军彭说："你说自己是作业组长，经了解是夸大其词。"小六激动地跳起来，喊："我！"军彭说："是你。"两人再不说话，互相注视了三分多钟。后来小六把手伸到了衣服的夹层里，掏出了一个破破烂烂的纸片——这是总场场长申宝雄写给他的一封信，他已经保存两年多了。宝物的嗅觉太灵敏，在这片林子里几乎无秘密可言，所以他只能将其带在身上。他牢记这是申宝雄的真迹，睡觉时也放在内衣小口袋里。信上有一处曾提到他为组长，但那两个字恰巧被折叠得模糊不清了。小六指点着纸片让军彭看，军彭耐着性子读了几遍，最后认为总场场长申宝雄十分器重小六。但"组长"二字无论如何是看不清的，也就无从判断那个最主要的问题。小六急得抓耳挠腮，把信对在阳光上，结果还是辨认不出。军彭在树隙间踱了一会儿步，转过身来说："这是什么时候的信件？"小六沉默着，说："本来我不愿提起。不过这事情已经暴露了——他们（我不点名字）不知如何使用了特务手段，也许总场秘书部门及关键方面藏有坏人，他们反正搞到了我写给总场的信，老丁鹦鹉学舌，将阴谋变成了阳谋，当着文太、黑杆子和宝物的面读了我的信，意在挑拨。你看的申场长的信，这是场长亲笔回信。这信是历史见证，十分宝贵。我之所以给你看，是为了证明到底谁是这片林子的领导，为了真理。"军彭点点头，但说话时声音微弱："可以的。不过，然而，虽然是这样，但是那两个字是看不清的。"小六失望地看着在远处做活的小眉，长叹一声："我总以为我们是一条战线上的，谁知……"军彭握住了他的手，耸动了几下：

"必要时需要外调的。我基本上是信任你的。余下的事就让实践来做个证吧,你知道一切都不是天上掉下来的,是实践得来的。这就是哲学。"小六牙齿磕碰着:"我听懂了,是哲学。"

军彭刚刚离开小六,文太就走上去了。军彭对文太说:"我们谈了一些哲学。"文太拍拍手:"我们这里和总场不一样——那里人不懂哲学。当然了,申宝雄老婆还懂一点儿。我们这儿在老丁场长领导下,基本上是学哲学用哲学,如今林子里已经有很多哲学了。内因外因,蘑菇正反两个方面——伞顶和顶下瓤儿;两个方面互相转化——比如太阳一晒,伞底变得和伞顶一样干硬。很多的,说不尽。"军彭接答:"说不尽。比如小六同志及老丁同志的职务问题,说得尽吗?"文太愣住了:"小六同志还存在个职务问题吗?你又怎么了军彭同志?"军彭皱起了眉头:"事情都有正反两个方面,这才是哲学。老丁和小六谁是正面?比作蘑菇也可,他们谁是伞顶?还要调查研究哩。"文太惊呼道:"要不是我亲耳所听,谁讲我也不信,你怀疑起了老丁场长!这可是你亲口说的，军彭同志！你竟然听信一个叛徒的话——他什么事情做不出来！也就是刚才一会儿，他还差点犯了腐化的毛病。你竟然去听信他。"军彭有些胆怯地眨眨眼："我只是说还要调查研究。"文太哼了一声："该调查的早调查了。不是吗？当初申宝雄同志接到小六诬告老丁的黑材料，连夜率领调查小组赶来，结果如何？小六何其毒也，必欲置之死地而后快——遭殃的反是总场领导一干人马。他们又吐又泻，像过街之小鼠，连村中小民都以白眼视之。得道多助，失道寡助，毛主席的话忘了还行？这其实也是申宝雄怀疑老丁的必然结果。对老丁怎么能怀疑呢？军彭同志，你是先烈遗孤，快快转意还来得及；如果是别人在怀疑老丁，我是不会这样规劝他的。你不知道，老丁场长对先烈的后代是十分爱护的。"军彭不吭声，但慢慢握住了对方的手，说道："我非常感谢你。感谢你阶级的友爱。但我必须指出的是，小六手中也有一点证据。我还要用力思考几个月才能答复你。再说总场调查组在这里的情形我也不知道。我当时如果是调查组成员也就好了。"文太重复一遍：

"那也就好了!"说着心中一阵快乐。他想真该让军彭见见那个阵势啊。他最后握了握对方的手,离去了。

文太对老丁讲了军彭的态度,老丁用焦黄的食指剌剌头顶:"他来这里就是归我领导了,他不好,那是我没有把他调教好。"文太笑着:"他还后悔没进申宝雄那个调查小组哩。"老丁也笑了:"机会有哇。不是小六又买走了第二片化制墨水的颜色吗? 机会有哇。"文太大笑。回想调查组进驻林子的日子,那可真是个使人聪灵的节日啊。文太有时真恨不能再经历那么一场古怪的节日呢!

那时候的一分场啊,真正是火火爆爆。

申宝雄率领着七人工作组进了林子,宝物迎头大叫。有一个背枪的人瞄准了宝物,黑杆子就从肩上摘下了十七斤半的土枪瞄准对方。宝物前胸挺起,让秋风撩起脏臭的额毛。正这时老丁从小屋走出,对申宝雄深深一揖道一声"上级",然后呵斥黑杆子说:"这杆枪能装二两半土药,人家的枪只装一子儿。你一枪还不是灭了人家调查组? 收起收起!"说完又拧了宝物的耳朵说:"党派来的人你也咬?!你看准了,前头那个脸发黄、嘴唇上有个红点的人是咱书记。"老丁将所有人都喊来小屋门前站队，宝物站在了队尾。老丁说："稍息！立正！报数！"大家一二三四地报了，宝物也哼了一声。老丁弓着腰跨前一步，说："报告书记，全体人员集合完毕。"调查小组中有人在笑，文太瞥了瞥，见是女打字员。申宝雄说："稍息。解散。"老丁敬了礼，说："我们一切都实行军事化——您知道，我是经历过战争的人。"申宝雄歪一歪嘴巴，不愿答话。老丁又说："热烈欢迎调查小组！从今后全分场都听从您的指挥。可惜我卧病在床，不能帮您。"申宝雄冷冷地打断他的话："等候调查结果吧！"接上申宝雄安排小组的人都分开住，一半住林中小屋，一半住林边的小村。他们与参谋长和女书记率领的工作组会合了。申宝雄往来于林子与小村之间，及时将最新情况汇集一起综合分析。所有指示都由女打字员用打字机打出。申宝雄披着大衣在室内踱步，口中念念有词，比如：报，该组已进驻小林；该组已展开工作；该组与邻村工作组携手合作等等。为欢迎调查小组，老丁抱病从帐中钻出来做蘑菇汤，让全组人一人一碗。申宝雄仅仅在喝汤那一刻才对老丁有一丝好感,喝毕态度照旧。老丁坐在帐中,紫色的布帘低低垂挂。文太和黑杆子有时把头钻到帐缝里咕哝几句,老丁咳几声他们就走开。最忙的要算小六,浑身绷紧,频频奔跑,领小组的人查看林中管理情况,又带申宝雄暗中观察老七家里。他们甚至买了她的干蘑菇收做样品。驻村的参谋长和公社女干部被老丁压迫多日,以为翻身在即,就兴高采烈地置办酒席,让申宝雄喝得满身赤红。他们历数了林中人的种种陋习,特别嫉恨的是老丁天天喝酒,并指出他对身着军服的参谋长指手画脚,唯恐天下不乱。所有情况都与小六的上告材料暗暗契合。几天来空气紧张,一群乌鸦在小屋上空嘎嘎大叫。黑杆子怀抱土枪,嘴唇发紫,见了猎物也不敢扣动扳机。文太一连几天没见老七家里,因他发觉调查小组的人在店门徘徊。这样约有五天。第六天一早,老丁出人意料地走出帐子,在门前空地上舞起剑来。老人全身是勇,剑如铁链绕周身旋动,晃得人眼花,一招收起时,总要跺一下脚,再发一声响亮的呐喊。

所有人都围住了他看，大气也不出。老人收功时文太跑上前去，严肃地敬礼。老丁点一下头，将剑贴到后背上，又弓着腰回帐中去了。也就是这天下午，调查小组的人有两个掉进了林中陷坑，其中一个浑身沾满粪便，令人恶心。第二天小组的人又一齐呕吐，接着大泻，频频出入茅厕。有一根长蛇倒悬屋顶，向下伸着叉舌，让睡地铺的人一夜没有合眼。天亮了，他们还要睡眼蒙眬地到林中调查，结果有半数以上挨了马蜂。蜂窝奇怪地长在小径旁边，他们绊了一条桑须，蜂窝就从树上跌落，接着一群恶蜂围上来。于是，调查组的人个个脸庞五官肿得走了形，并且发青，所以再也不受尊重。调查小组的人进了小村，村里人视他们为怪物，并不与其认真谈话。老丁对申宝雄说，这是因为您的人初来这里水土不服，再说又不熟悉地形地物，难免出些差错。申宝雄半信半疑。就在老丁说这话的第二天，调查小组的人在去小村的路上遇见了一只红毛狐狸，它端坐路中，似笑非笑，前爪提在两侧，有人端起枪来，它就变为申宝雄；放下枪来，它又复为狐狸。大家尖叫着跑回来，见总场场长正披着大衣念着什么,让打字员打字:"报,该小组进展迟缓;报,该小组行动受阻,原因待查。"人们大惊失色,面面相觑。他们说:"场长,你刚才还是狐狸。"申宝雄给了说话的人一记耳光。女打字员反应不及,接着打上了"场长是狐狸"的字样,打字纸被申宝雄一把扯下来。

调查小组自顾不暇,文太和黑杆子趁机钻进小村。老七家里再也无心待在小店里,挨门挨户送去了干蘑菇。她把总场新来的一帮人说得一无是处,还指名道姓地说领头的是个流氓。文太重新调查起公社女书记丈夫的死因,亲自找目击者谈话,谁谈过话,就在一个小本上按一个红指印。当小本子被红色指印排满的时候,他就去找女书记和参谋长。参谋长似乎有些虚脱,不停地出汗;女书记坐不住,一会儿出去一会儿进来。文太在她离去的间隙里扼要介绍了她的经历和趣事,参谋长直打喷嚏。文太说女书记自小凶残过人,八岁上杀过猫,十岁上杀过狗。其父浓眉大眼,双臂粗过碗口,常常教女儿摔跤。她入了初中,当过铅球运动员,并在体育课上多次将体育教师摔倒。后来入了高中，担任团委副书记，工作大胆泼辣，常常以身作则。生理课上，她征得老师同意，登台结合自身实际讲解例假与青春期特征，通俗易懂。当时号召大办农业，全校师生来往路上都要身背粪筐，收拾起一路的牛马粪便。她的粪筐最大，而且内分五格，自觉地将各种粪便分类存放，以便科学施用。偶尔忘记带筐，她就将路上牛粪捧到庄稼地里，并且决不洗手。入高中的第一年她就入了党，到方圆几十里去宣讲自己的先进事迹，一时间都知道出了女英雄。第二年她的表现更为突出，为了学好批判材料，常和支部书记在小屋讨论一个通宵。有一天半夜里下起了小雨，她跑出来给学校饲养场盖干草，并吵醒了所有的驻校师生，干草盖好雨也停了，大家这才发现她周身只穿一个三角裤头。事后公社领导激动地召开大会说："为了国家的财产，连那些方面也不顾的同志，不是感人至深吗？这里，哪还有什么资产阶级的扭扭捏捏！"高中毕业后，她被结合进了公社领导班子，再停一年，又接了老书记的班。最有必要提及的是后来，是她与一解放军进驻小村的情形。参谋长说:"这些我都亲眼看见,了如指掌。"文太说:"你当然比我了解喽。不过你知道她怎么欺负自己男人的事吗?"参谋长无言。文太接上介绍了她男人矮矮胖胖,是老公社书记的儿子,贪吃贪睡。女书记嫌男人不爱活动,常年消化不良口中发酸。她住到小村里更是为了摆脱男人纠缠,从不主动回家。男人来寻她数次,都被她关到门外。有一次,男人带了铁钩绳钩住了窗棂,这才攀进屋里。两个人打闹半夜,男人身上处处青紫,大亮时分才呼呼睡去。她是另有新欢,为达到长期鬼混之目的,该犯用一种叫"长蛇头"的毒蘑菇毒杀亲夫,恐其不死,数量过倍,先搓成碎屑,再拌以黄酒,煮汤加肉加蛋花加葱白,使其鲜味扑鼻。该犯一贯好逸恶劳,屡教不改,不杀不足以平民愤。同案犯男,身高一米七五,老谋深算,长于教唆,用心险恶。该犯与上犯勾搭成奸,遂起杀意,手段残忍,构成死罪,就地正法。此布,切切,人民法庭。文太越讲越流利,参谋长汗水淋漓,急急用手去掩他的嘴巴。文太一掌打掉对方的手说:"坦白从宽,抗拒从严,何去何从,快快选择!"正说着,女书记进来了,她一见参谋长脸上的汗水,一下子跌坐在了地上。她慢慢从裤兜里掏出很久以前绘成的那张毒蘑菇图形,空白处还写了调查死因的过程及结果。参谋长接到手里,双手交给了文太。文太在上面按下了自己的手印。参谋长打了敬礼,然后说:"请转告老丁场长,我们坚决站在他一边,而且要发动革命群众。"他说这话时,正好黑杆子和老七家里及宝物一行三个从窗外走过,行色匆匆。文太说:"人民行动起来了。"

文太从小村归来的第二天,正是大雨。大雨下到傍晚,闪电照得天宇一片银亮。巨雷轰轰爆响,林中小屋集中的所有人都不愿言语。正这时门外一片嚎叫,申宝雄领着三五个人像落水狗一样出现了,一头一头往屋里撞。大家全愣了,一问,才知道是小村里的人不让他们住在那儿。村里人不怕大雨,手举三齿钩和铁钉耙将他们的住处团团围住,说要砸死这几个祸害村庄的人。后来是工作组的参谋长和公社女书记出面劝阻村民,危急时刻参谋长抽出小枪向上打了一发。他还想打第二发,但这时小枪照例卡壳了。国产枪质量不行。申宝雄领人慌慌地逃出重围,顾不得带上行李和日用物品。他们浑身乱抖,嘴唇发青,每人脚下都流了一汪水。因为要打地铺,一汪汪水使原宿小屋的几个人十分不快。没有办法,只得赶紧加打地铺,分开铺草和被褥,七八个人挤在一起。大家挤着,都抱怨来林子里调查算是倒了霉。申宝雄不愿与别人一起挤,但又没有办法。正这时老丁从帐里下来,说让总场场长睡他的大炕,他干脆为大家打更。申宝雄不加推辞,脱了外衣钻进了帐子。当他赤着身子滚入被窝时,突然尖声呼叫起来,说痒死了,痒死了,双手乱抓挠跳出帐子。原来那被单经人用痒痒草精心搓过,老丁心里有数,老人一边弯下腰安慰他,一边在暗中抽掉那片被单,然后自己钻进了被窝。老人惬意地将被角围紧了膀头说:"场长,恕我直说一句吧。你没有这个福分。"申宝雄抓挠着,无言以对。这时文太从墙角的铺上走下来,说:"无论如何,申书记不能跟大家挤,您睡我铺吧。"申宝雄哼着到文太的铺上了。文太走到地铺跟前,在黑影里摸了摸几个人的脑袋。他躺的地方正好挨着女打字员。为安全起见，平时女打字员的铺与别人的铺之间放了两块红砖。文太半夜里摸了摸红砖，觉得又凉又硬，就偷偷地撤掉了。他与女打字员紧紧地搂抱一起，彼此心照不宣。两人重叙旧情，泪水涟涟，窃窃私语直至天明。起床那一刻，文太稍稍离开一些，并重新摆好那两块红砖。由于红砖安然屹立，所以最终也无人怀疑会发生什么事情。但女打字员却经历了永远无法忘怀的一夜，天明之后不停地向文太使眼色。这容易暴露事情，文太从她身侧走过时狠狠拧了她一下，以示惩劝。两个人都在寻找新的机会，咬住牙关作了成功的忍耐。后来调查小组的人要去林子里看一处现场，申宝雄也出门联系事情，女打字员就乘机溜到了老丁的帐子里。文太求老丁借用帐子。老丁虽然厌恶别人因这种事占用帐子，但要服从斗争需要，也只得应允。文太与女打字员难分难解，眼睛都哭得红肿了。女打字员说："你在总场那会儿，怎么好那么没有良心？"文太说："我也想不到现在会这么热爱你。我想这是战斗加强了我们的事情。"女打字员一下接一下地吻着文太,说:"我一辈子都要向着你,你让我干什么,我就干什么。申宝雄王八蛋。"她表示要将申的话一式两份,一份上报用,另一份就交给文太。文太又给她布置了新的任务,两人才流着眼泪分手。

调查小组这天进入林子深处,归来时伤痕累累。因为宝物在林中大窜不停,山猫、野狸都被驱赶出洞,逢人便咬。狐狸和乌鸦一直围绕他们盘旋,空中、陆地皆有凶兆。数不清的毒蛇挡住了去路,如茅草一般成团成簇。他们生来没曾见到这么多蛇,只觉得头皮发麻。蝙蝠一反常态地白天出动,横冲直撞,将冰凉的分泌物甩到他们脸上。他们躲着蝙蝠和脚下的蛇,脸上又糊满了密密的蛛网,黏稠腥涩,脱也脱不掉。更有村里人来林中采菇,一个个打着树皮裹腿,拿了奇怪的弓箭,向他们射出竹扦。这些大多不能伤人,但也让人胆战心惊。打猎的人还胡乱做了地枪和树箭,一不小心踩中了机关,立刻有一块木头从半空里砸下来,半天工夫已经把三个人的头顶击出了肿块。他们见有人在树隙里施放一种奇特的白烟,使用的是一些见所未见的草本植物,也正是这些烟雾使潜身树隙的虫蛇飞奔聚拢。蝙蝠捕虫，并被气味诱出。狐狸溜出来散心观阵。大野猫踏着蛇头而过，嘴里衔一只花斑老鼠。他们又气又怕，胆怯地询问林里的人凭什么要折腾外来之工作人员？对方答道："俺们是折腾野物的，捎带着也采采蘑菇，这是老丁场长早就允许的，只有那些最凶恶的人才想以调查为名祸害我村，封锁林场，断我生路。你们瞎懵懵闯进了猎阵，非我等之过。"他们听了无从对答，对方拍手大笑说："输了输了！"他们哭笑不得，只得择路往回走，谁知陷坑比前段又增加了数倍，并且做得毫无破绽，他们轮番掉入深坑，双脚已经跌得肿胀无比，行路艰难。有几个陷坑里还混入了硕大的河蟹，它们在黑暗中一直向上举着大夹刀，有人落入夹刀之上，它们就用力一剪。结果落坑人有不少被夹破了手足，尖叫声令人惊怵。人们从陷坑里爬出来，衣裤上还挂着碗口大的蟹子——它们在沙地旱岸上生活久了，早已改变形态习性，身上生满了绿毛，模样就像一种恶鬼。有人恨中生嫉，点一把火烧熟了蟹子，然后去抠蟹肉吃。宝物在一边笑出了残牙。不一会儿吃蟹的人腹部鸣响，捂着肚子又蹦又跳，手脚抽筋。这个人需要半个钟点才能苏醒。一行人在林子里拖拖拉拉往前走，顾不得拨开挡路的枝条，结果衣服全被扯破了。他们走出林子的那一刻，打裹腿的一些人跟在后面嚷："都怨申宝雄！都怨申宝雄！俺跟老丁场长亲，他是俺们领路人！"调查小组的人连声长叹，进了小屋才舒一口气。他们进门就见到了眼睛红肿的女打字员，觉得一班人马个个不幸。但她红肿的眼眶内闪动着炽热烤人的光彩，看上去愈加美丽，调查小组的同志感到了另一种安慰。这天直到很晚申宝雄才回到小屋，回来时面容十分颓丧，不愿多言多语。女打字员亲手为他捧去热汤，又用一条花手巾为他揩去额上的虚汗，他于是目不转睛地盯住了对方，像是突然间发现了什么。他接着讲了这天去找参谋长和女书记的情形，说眼见得他们进了一个小院，追上去却不见人影。小院北端是一间小屋，门虚掩着，他推门进去时，恰好有一个无须老汉笑眯眯地往外走。他问那两人可在？老汉点点头。小屋里空无一人，他刚要反身出屋，老汉已在外面咔咔关了门,又用木杠从下边顶实了。他无论怎么拍打都无人应声,接着门板下的猫道里冒出了白烟,白烟一颤一颤,看来有人在后面用扇子扇。白烟有一股臭味,而且辛辣刺鼻,他很快就咳出了鼻涕、眼泪。一个又老又哑的声音在外面喊:"呛呛狐崽啊,呛呛狐崽啊。"就这样,他昏了过去。醒来时天色已晚,屋里白烟消散。他这才发觉衣衫不整,皮肉上留了墨印,身前身后都画上了一个很大的王八。申宝雄说着解了衣服,让大家看皮肤。女打字员认真瞅着,说:"画得脖儿短了些。"申宝雄发誓要寻驻村工作组的两个领导算账,有人提醒他这涉及与地方领导的关系,特别是军民团结问题;而那两个领导未必就是这场荒唐行为的支持者。申宝雄叹着气躺下来。

这个夜晚风声很大,树木有的被刮折了,发出了刺耳的尖叫。野猫狂嚎不止,小屋四周好像有一万种野兽在奔跑。一个古怪的鸟儿在远方呼号,像是预告着崭新的灾变。睡在地铺上的所有人都合不上眼,惊恐万状。这是他们进驻林子以来最凄凉的一个夜晚。每个人都有着伤痕,这创伤在深夜里折磨着他们,恨不能大哭大叫一场才好。睡不着，就坐起来发抖，有时伸手在暗中拧别人一把。被拧的人尖声喊叫一句，申宝雄就严厉地斥责他躺下去。好不容易睡着了，又要做噩梦。申宝雄蒙眬中感到了巨大的恐惧，像寻找母亲一般不知不觉偎在女打字员的怀中，被对方狠狠咬了一口。直到天色将白，申宝雄才捂着伤口睡着了。这时女打字员一个人悄悄地爬起来，从一个角落里拿来一个酱色小瓶。小瓶中爬动着几个毒蜘蛛，她取到手里，把它们的肚腹捏碎，让绿色的汁水全滴到申宝雄的伤口上。最后一个蜘蛛的汁水很盛，她让它流进申宝雄半张的嘴巴里。一切做完之后，女打字员又躺下了。天大亮时，地铺上的人忙着穿衣服。唯有申宝雄还在昏睡，有人要唤醒他，文太从一边的铺上下来阻止说："领导心累。"话刚停，申宝雄突然闭着眼大笑，胡乱扭动，接着光着身子跳起来。女打字员瞥了他一眼，急忙捂着眼睛喊了一句："哎呀妈呀！"接着她哭起来，骂着流氓，奔向了老丁的帐子。老丁急忙出来扶住她，一下一下拍打着，以镇惊悸。这时候申宝雄已经离开地铺，头颅可笑地硬硬昂起，两眼无光，双手在空中抓着。停了一会儿，他的头又猛地垂下来，像是颈部折了一样。他恸哭起来，含糊不清地喊着，嗓子已经变了音："全是蓝颜色！我看见了蓝乎乎一片，太阳也蓝乎乎……东方红。有一条小虫溜溜溜爬上山去。全是蓝的。哎呀好累呀，我是小虫。我要咬我那个，她不是个好东西，有一天她和……我知道！我是蓝色小虫。我是全场一把手。我让她们入团，多发三个玉米饼。她们有的愿意。两个，三个，不，四个，五个，蓝色越来越黑气，像钢板一块。我爸是让我和妈妈用枕头闷死的。他咽气那会儿盯住我看，我撒了手。妈妈给我洗身上，洗一遍又一遍。姥姥给我狗肉包子吃。包子皮是蓝的。上面有个五星。我爸被妈妈用一块紫花破床单裹好，像竹筒一样圆。她们跟我走，我们进了仓库，领料员上了北京。我一拍桌子谁不怕。秘书老婆做水饺。秘书走了，又回来。提拔两个，或者一个。用布条绑上，狠狠勒。我光着身体叫唤，雪花落了一炕，变成绒绒，绒绒全变蓝了。蓝花一闪一闪，妈妈和姥姥来了，又拿来三个包子。我把第三个交给上级，里面是四十张十元票子。工农兵学商。东西南北中。打字机咔咔，咔咔，蓝字出来了。我扑上去，抓住她的手呀，不放呀。她跟了我工作五年。她不。我总得去，闯过关卡。上了山下来，蓝色一片，小黄花像星星一样炸了。我抱住你,拨开枕头。枕头上有血，那是他吐的。我爸我爸我爸，嘿嘿嘿，蓝色驳壳枪。一颗红色五角星。妈妈来了，地铺多潮湿。香泻叶，我那个喝上了，泻……你走吧，奶奶的，一笔账记下了。我得到的比你多，你算也算不清。你还很嫩，尽管吃了蘑菇，嚼了古书。你赚下这笔也不易。我有远大计划。秘书是一例。不过他得了的你不会得。内因外因,哲学全是蓝色的。蓝色的小虫钻到枫叶子里，钻进去。蓝色退开吧，我好累，蓝色退、退、退了吧！蓝色退了……"他大叫，眼神尖尖的，又渐渐熄灭了。他的动作快得让人不能置信，又怪异得令人费解。女打字员不时从指缝里看一眼，骂着："天哪，他那样那样！"老丁拍打她，看她的脸。文太指着申宝雄说："大家听到了吧？暴露了真实思想。别看前言不搭后语，他怀着不可告人之丑恶世界观。这怎么配做总场书记？又怎么配查老丁场长？这总而言之是个反动东西也！是可忍孰不可忍！快快滚出我分场，不可稍待，急急如律令！"大家目瞪口呆，互相瞅着。这时老丁放开女打字员走过来，对大家说："他这是中了邪了，不过也吐些真言——不许外传，他是负大责的人！要爱护咱总场的头儿，听见了啵？"大家全答一声："是啦！""那好，让我给他赶赶邪火。"老丁说完，取一个木凳站好，这样就与申宝雄一般高了。他先弹了他几下脑壳，接着又左右开弓地打了他一顿嘴巴。申宝雄被打过之后，蔫蔫地坐下来了。老丁指示：穿上衣服，捂上被褥，让其发汗。人们遵旨忙活起来。

申宝雄大病了三天，病好了之后全身还残留着一些紫斑。老丁说："申书记，快快调查吧。"申宝雄说："不查了。""这不好。事情半途就废了？这不好。""不查了，不查了。"申宝雄说着召集起调查小组全体成员，宣布撤退。老丁再三挽留，又一次做了送行的蘑菇汤。他们临走那一刻，女打字员哭了。老丁愤愤地训斥她说："哭个什么？革命青年志在四方！"文太在帐子后面吻着她,说:"记住战斗之友谊吧。"

老丁吩咐小六送走调查组,说:"你能请客也能送客,是不是?"小六一声不吭,脸色发白。

这就是申宝雄率调查组进驻那么小小一段。那时的一分场啊,真正是火火爆爆。

七

早晨,老丁踏着落叶唰啦唰啦往前走,文太见了跟上去。秋风很凉。宝物从后面追几步,又立住了。老丁有时仰脸望望树隙间的天空,有时看看脚下的小草。松树碧绿,枫叶通红,橡子在地上滚动。文太追到老丁身侧叫了句:"丁场长。"老丁站住了,额上的横皱积起一叠。他瞪了文太几眼,往前走了。文太咬了咬嘴唇,把手插到头发里。想了一会儿,他拍了拍脑瓜走回去,对正在烧火的黑杆子说:"出来一下。"黑杆子跟出来。他说:"真玄。""怎么咧?""丁场长后天就该过生日了,那是他的六十大寿。"黑杆子"哎哟哎哟"地叫起来,黑乎乎的大手摩擦着裤子。文太叮嘱道:"我们赶紧布置起来吧,老丁自己不好说什么。这时候更要注意某些人的动向,防止破坏。我去转告驻村工作小组,还有老七家里。采蘑菇的事交给小六,但不说是干什么用。多采,柳黄和松板最好。"黑杆子为难地说:"新来的军彭呢?"文太想了想说:"不能瞒他。不过我来说吧。"他顾不上吃早饭,先找到老七家里。老七家里一见他就拍了一下腿,说:"了不得了!"她露着黑紫的牙根,一手指向街巷说:"毒蘑菇昨夜个又毒死人了,看看吧,这会儿工作组也去了。""谁?""黄花小女。刚十七岁哩,小名叫小野蹄子……看看去吧。"文太吸了一口凉气:"是从你手上出去的干蘑菇吗?"老七家里又拍一下腿:"俺都是收购来的哩,混进个把也毒不死人。她吃了鲜的。"文太又想起了公社女书记的男人,"毒蘑菇演化出的故事万万千",一句歌儿从脑际飘过。他扼要地讲了老丁过生日的事,然后急急奔向街巷。

一群人围住一个小茅屋。文太拨开人群跨进去,见参谋长站在大土炕下,一边是公社女书记。两个女青年用皮尺量着什么。死者是一个少女,面容安详地躺在墙角。她的头发是金黄色的,像嫩嫩的玉米缨。老父亲坐在炕头上,两手按着膝盖,不停地抖。有人问他一句,他呜呜讲不清,大滴的泪水往下掉。文太没有搭理参谋长,双手拄着膝盖弯腰看小野蹄子。她穿着圆领儿小花布衫,一条半长的柔软的小绿裤,上面满是补丁。从裤口上伸出的一截腿脚黑中透红,有树枝划上的疤痕。一双很小的脚,脚上没有鞋子,只有硬硬的茧壳。一只手压在身子底下,一只手伸出来。手是小的,同样是坚硬的、黑黑的。她闭着眼睛,眼睫毛显出黄黄的一道。她睡得好香,没有人能够吵醒她。金黄色的头发散在肩膀上,瘦瘦的小肩膀撑开头发探出来。她的左腿屈着,右腿伸开,像要奔跑。昨天的田野上就奔跑着这个金黄头发的姑娘。那时,她的翘翘的鼻子被霞光照亮了,一蹦一蹦地跑。风把头发扫向一侧,红头绳脱了,头上好似系了一面小旗帜。如今,她睡着了还在奔跑,永远是梦幻,永远是梦幻。一道绿色的汁水微微联结着她的下巴和黑漆漆的炕角,她就沿着这汁水爬了一个夜晚,爬进了永远的黑暗里。炕角是她吐出的东西,那里隐隐可辨粗劣的食物和几片没有嚼碎的花蘑菇。一个邻居老太婆颤颤地走过来,从门框上取下一个柳条笊篱,指着食物让大家看。这是人人都熟悉的吃物,全村人都吃它,吃了几十年。这是发霉的瓜干切成的小方块,上面粘着树叶和糠末。一股酸味直刺脑门,闻过都皱眉头。吃它的时候要费劲儿,把脖子往上伸一伸,咽下去。老头子和老太太、小孩儿和半大的孩儿都要吃它。老人吃过了出去晒太阳,年轻人吃过了出去做活。老太婆指着笊篱上一个坑凹说:"看看,这是小野蹄子昨个吃掉的一块。她悔不该吃那蘑菇,苦命的丫头。"另一个老婆婆在一边用袖口抹眼睛插话:"可怜见的。她吃什么?吃什么?"这会儿老人一眼瞟见了文太,就说:"比不得你们,吃香喷喷的玉米饼。给村上人一口玉米饼嚼嚼吧。"文太没有做声。他很难过。这时参谋长与公社女书记听到了什么,抬头瞥见了文太,就走过来。"又一起中毒事件。"参谋长说。文太看着小野蹄子:"多么悲惨。"公社女书记喘息着:"老丁和你最懂蘑菇，该研究个方法告诉群众。现在时兴'群众办科研'嘛，是吧？"文太点点头，但心里从来没有像现在这样厌恶她。他说："老丁场长早有打算。他本来就该有著作。不过这得他过了生日之后——他马上要过六十岁生日了，全场都很重视。"参谋长看了女干部一眼："同志之间可不兴祝寿。"文太愤愤地顶一句："这是总结老人六十年革命生涯的时候，怎么能叫'祝寿'！"参谋长"嗯"了一声，纠正说："他小时候不能算那种生涯的。"女干部使了个眼色，又拍打一下文太："这样吧，地方政权会考虑的，请你先转达我们的意思，改日再登门——现在还要处理案件哩。"文太看了看小野蹄子，走了。

　　文太讲了村庄里刚刚发生的事情，恳切要求老丁场长能在百忙之中传授分辨各种蘑菇的方法。军彭在屋内踱步，止步时举手拥护。老丁说看来著作是非写不可了，群众反映强烈。老丁走开，文太对军彭讲了给老场长过生日的事，认为该写一篇《老丁颂》，到时候让老人没有防备，高兴高兴；同时，也可以宣泄心中长期积聚的敬佩之情，一吐为快。军彭对后者有些犹豫，说这样做是否有些过了？文太说："你不知道老人的经历，所以才那样说。他是党和国家的宝贵财富，听一篇生日献词有何不可！这也符合广大职工的心愿。如不然，那才是亲者痛仇者快的事情哩。比如小六，他会高兴为老同志过生日吗？不会！他一心想的是篡权谋位——我第一次揭出了事情的根源。"军彭无言以对，文太准备纸墨去了。

傍黑，老七家里送来了一瓶烧酒，还从衣襟里掏出一只鸡——那是她悄悄从街上偷来的。她走后，参谋长和女干部又送来一块生肉、一顶翻毛皮帽。小六不知道要有什么事情，只是忙着采蘑菇。他已经好几天没有说一句话，嘴唇生了裂口。他在默默等候另一件事情，胸中的火苗一刻不停地燎着他。他采了满满一筐蘑菇，用怀疑的目光盯着来来去去的人。宝物用舌头舔去了身上的脏痕，比往日更加勤快。太阳还没有落山，它就出巡了——出巡时间比平时提前了一个钟头。老丁和黑杆子都回来了，他们手里提着猎物。锅里的蘑菇汤滚动起来，肉块在水上翻来覆去。老丁坐在帐子里抽那个大烟斗，一声不响地等待。宝物提前赶回来，全身沾满了野草籽，散发出一股古怪的气味。军彭在屋中踱步。文太略带严厉地招呼小六搬动桌子，接着是布好木凳。文太刚要说什么，老七家里闯进来了。她头颅探着，"蓬蓬"吸气，绕桌一周，然后从衣怀里摸出了一把绿色糖球、一根小耳勺。文太不快地盯她一眼，撩开帐子说："老丁场长，请您老入席了。"老丁咳一声，出来坐下。黑杆子满脸是汗，嘴唇有些抖。老七家里把刚带来的东西献上去，说了些祝寿的话。军彭皱眉。文太说："今个是您老六十岁生日。革命生涯千万里，我们晚辈不能比。请让俺先敬丁老一杯水酒。"说着举杯，率领大家一饮而尽。黑杆子说："这是咱一分场最兴盛的时候，人员最多哩。"老丁点头，又将手掌向老七家里抖抖说："你代表地方了。你比那个参谋长和女干部强上百倍！他们的东西我不稀罕。看看那个翻毛皮帽吧，我什么时候戴过这东西？地主才戴它哩。"几个人于是厌恶地盯了一边的皮帽。宝物哼一声，咬住皮帽送到屋外去了。大家又喝了几杯酒，文太站起来大声说道：

"老丁场长,请听俺们写的献词吧!是给您的献词!"

老丁眉毛一动,忍不住说:"还有那东西吗?"文太看看所有的人,从怀中掏出一叠白纸,展开念道:"老丁颂。林中有一矮瘦老人,名曰老丁,不可不颂。该老人至今日深夜十二点半左右满六十岁整,老当益壮。六十年前情景实在遥远无法测知,想必是降生一美妙孩童全家欢喜,接着用母乳精心喂养。时逢黑暗世界,军阀混战民不聊生,老丁足迹印遍山岗平原,一度沦落民间。俗话说古来将相皆出寒门,艰难生活造就英儿。老丁幼时即熟知各种人情大理,稍大更是精明过人。瞻望其鼓鼓方额便可测丰富智慧,端详其圆圆大口亦当晓能言善辩。尘世间各色人等,无不为之倾倒。老丁年轻时刚勇过人,猛力常在,令无数妙龄少女神魂颠倒;然老丁严于律己,浅尝辄止,毅然参加革命。从此他金戈铁马气吞万里如虎,偶尔思念往日情谊泪水不断。革命圣地他曾去过,与伟人握手,与钢枪做伴。不知穿破多少糟烂草鞋,也不晓吃过多少奇怪草根。待千里江山红遍,他在丛中笑。资深功厚，草绳系腰；安邦治国，鞋露脚趾。试想普天下老人皆似老丁般勤俭节约，祖国将省下多少金钱银两。话说岁月如梭，星转斗移，老丁鼓额之上已见六道横纹，时不我待。到此时丁老方忆起终身大事，彻夜不眠。东南方有凤凰专落梧桐，咱小屋有巨龙潜于大江。水一到渠必成秘而不宣，人一走茶就凉坏人遭殃。曾几何时歹人无限猖獗，黑云翻卷。有小人脸色蜡黄胆大包天，行为可疑，眉眼猥琐，不足挂齿，然实在令人气恼耳。唯老丁胸怀宽阔，不计前嫌。有信心，有众望，也有威仪，四方人物皆心悦诚服甘受领导。革命者解放全人类始解放自己，丁场长至老年愈加体贴众人。正人君子，最重情分；小人耿耿，声色犬马。老丁以亲身所历教育青年，勉慰一分场同仁艰苦奋斗。广播恩泽，必收良报，宝物尚能跟随左右如同小儿绕膝；倒有恶少反目为仇，日夜窥视，居心叵测。同室而眠，何必操戈；用心歹毒，必露马脚。好老人戎马一生，本该在林中安享天年，谁想到巧遇鼠辈盗窃粮草。俺们众志成城，无坚不摧，一生追随您之足迹，棒打不散。观您牙齿，望您肌肤，深知气血远未衰竭；如对异性偶有思念，更表明身处盛年。如此作保守之推算，丁老可有一百二十之寿限也。到其时科学大振，更有梦想不到之怪技，或许阳寿又可再延。总言之，丁老治理林场可愈加耐心坦然，大可不必归心似箭。您之安康实乃人民福分，恳切希望多多保养。遥望革命一生，浮想联翩，颤颤抖抖，词不达意。小文太斗胆执笔，草草成文。万望您老不吝赐教，收下区区颂文。一分场全体国营职工敬撰，于阴历九月九日晚秋日落之时。"……文太读得满头大汗，待读毕双手捧献时，见老丁的泪水已经盈眶。老人擦一下眼睛收了颂词，小心地放到被褥之下，蹲在地上叹道："你们是最了解我的人哪！我奔走一辈子，谁曾说下这么多公道话？这会儿死也值了，我算交了几个真正的朋友……老七家里，给我斟酒！"

老丁与所有人一一碰杯。军彭咽下之后大咳，老丁用手背理了理他的咽部。小六也慢慢喝下，肚子疼似的弯着腰。灯苗一跳一跳，老丁的脸变红了。他响亮地笑着，离开座位，用手掌拍打着大家。拍过宝物之后，又拍小六，手掌绷成了一把刀状，在脖根那儿砍了一下。老人重新坐好,瘦瘦的身子球成一团,又挺直说:"我这六十年哪,跟谁去数叨,谁又能听得明白?老天爷不容我这个轰轰烈烈的人哪!我只能趴在这林子里,守着宝剑。我不愿说起那些事了,可它们成堆儿往我眼前扎!我什么没见过?什么没听过?什么人没打过交道?我老丁十次八次也死了,不过又转活过来。我说过,我是省长以上的经历,长征那年我背上背了个外国人,害了疟疾,叫什么斯特狼。有个首长喜欢烟儿,草地上哪儿找去?我用榆树叶子拌上香油给他抽。他抽了一口说:不孬。到了延安,我住在最大一个窑洞里,桌前摆三部电话机,一部通前方,一部通后方,还有一部直通总司令部。我夜夜披上老羊皮袄读《论持久战》,读也读不懂,因为我不是个识字的人,这你们知道。跑去找我的大学生女的不少,都喜欢革命人。要不是后来我去打游击,说不定会犯那错误呢!我其实有个心上人,就是我沦落民间那年头弄上的,后来也参了军。不过她跟上哪股部队,哪股必败。她是个让男人疼怜的东西,都去疼怜她,你想会有人专心打仗吗?俺与她千恩万爱，说不尽的情谊，分手以后想也想死了。她说：'丁啊，咱别去扛枪了。'我说：'这枪说什么也得扛，枪比你还金贵。'她哭着跑了。我是个大丈夫，有火气，我要爬山越岭革命哩！男子汉不能窝窝囊囊一辈子，他得在身上印十个八个枪子儿才是真格的！我头也不回往前走，逢山过山，逢河过河，追赶咱自己的队伍，嘿，追上一看，黑压压不见头尾，一个个破衣烂衫。这就是穷人的队伍！"老丁说着一下子站起来。宝物迎着他昂起头部。所有人都屏住了呼吸，连军彭也怔住了。文太先默默地偎在那儿，后来一跃而起，在老丁眼前竖起拇指大呼：

"你活得英勇啊！你不甘平庸啊！"

"我跟上队伍革命，一个人还是革命。从延安下来，就一路上打着真假鬼子，往这林子里来了。那时独身一人，人又年轻，违背纪律的事多少也有点。我打打走走，半月不到，谁都知道芦青河两岸有个老丁啦。老丁是个手拿盒子炮的人，一瞄一个准。我穿了军装，后来军装被树杈子划烂了，我就脱下扔了。帽上的五星我留下，那是证据。我光着身子打枪，见过的人都说'你看，你看，了得'。我一天见个妇女在河湾洗衣服，就喊她。她跑，我当空开了一枪。后来她不跑了，我才慢慢走过去。这是我犯错误的一件事，不过我不避讳。当然了，我临走取了一套衣裤，你想干革命没有衣服怎么成？妇女非给我两套不可，我说，'傻呀傻呀，你家丈夫要穿怎么办？'她说，就告诉他河水冲走了！你们看，战争年代的人民多么好，哪像现在这样。我穿了衣服走了，一去不回，打起了游击。游击，游击，主要是游。不会游的人就不会击。我成天提着一杆枪在河堤上晃晃荡荡，喝得醉里咕咚，胡乱唱着什么。这就叫游。我唱'鬼子都是王八蛋，煮熟了以后用盐腌。小伙子今年十七八，哪个相好的没仨俩。没吃黑猪肉还没见黑猪走？当汉奸的死了不如狗。老子有枪整一杆，呼隆呼隆打下半边天'。我这么唱，惹得那些老乡不住声地笑。他们都知道我老丁是个没有多少正形的人，连首长也知道。要是按照正规法律处罚我，十个八个也早抓起来了。你知道不能的。因为人人都有些毛病，都有些好处，比如我呀打仗好。我立正都站不稳,可一听见枪响两眼锃亮,身子也不抖了。我的枪专打敌人的脑门心。我最恨的是假鬼子,见了他们一个不留。我有两个叔伯亲戚都是假鬼子,都让我杀了。其中一个按辈分我该叫他爷爷,胡子都白了。他是八月十五那天落到我手里的,当时他正就着黄瓜拌猪肝喝酒。我闯进去,缴了他的枪,然后忍不住馋跟他喝起了酒。他敬我一杯,我敬他一杯,直喝了一小坛子。喝了一会儿他说:'好孙子,放了我吧。'我这才记起要办的事情是什么。我说:'爷爷,不能放你。'他理了理一把白胡子,说:'你奶奶在家想我啊。'我说:'你知道挂记她,还出来当假鬼子啊?'叔伯爷爷不吱声地喝酒,脸红得也像猪肝。他又说:'放了我吧,枪归你。'我说:'枪早归我了。咱俩走吧。'他站起来跟上我往外走,我盯着他穿了厚裤子的两条腿,那裤子油渍麻花的。我们两人走到了河滩上,四周没人,安安静静,风景怪好。叔伯爷爷站在一棵老柳树下,流着泪珠说:'好孩子,放我回去吧,我再也不当假鬼子了。'我摇摇头,推上了扳机:'转过脸去吧,爷爷。'老头子最后盯了我一眼——我一辈子也没忘那眼神。他骂了一句:'狗娘养的孽种,我的魂灵也会灭你。'我不敢再想什么,一扬手打了他一枪,他抱着柳树倒下去。那一整天我都嗅到了血腥气,钻到柳树林里不愿出来。我后来买了些吃的东西送给了叔伯奶奶,老人家一辈子摊了个不正经的男人,像守寡一样,她见了我一把抓住我的手问:'好孩儿,见你爷爷了吧?'我说:'见过。'她说:'快让他来家啊,地都荒了。'我没吭声。临走我丢下一句:'让地荒着吧,他回不来了。'"

小屋里静极了。一会儿,老七家里抽搭起来,眼泪滴到了酒杯里。小六不认识似的看着老丁。军彭不安地站起来,踱到窗前,又折回来坐下。文太的泪水一直在眼眶内旋动。老丁又饮了一口酒,接着说下去:

"那时候咱这片林子可大,没边没沿,用来游击可真是好。仗打起来,有时饭也吃不上,只得吃林子里的果子蘑菇。那时水汽淋淋的。吃物也多,光蘑菇就分不清,一咬咯吱咯吱,怪鲜的。遇上鬼子来采蘑菇,我就撂倒他两个。外国人重营养,打死了一拨又来一拨,看来非吃上这东西不行。他们还要伐木头,用汽车拉,我就专打干这营生的。林子里当时算是游击区——地图上这地方用点点表示,点点画到哪里,我就游到哪里——只是后来才知道原来林子里还有另一个人,当然了,这是后话。反正群众那会儿知道只有我一个人算是革命的队伍,千方百计让我高兴。我说什么就是什么,没有找碴儿的。所有地主(这东西实在不多)都被我收拾过,我识破了那么多美人计。地主家小姐跟我好,我也跟她好,不过有个条件,就是支持咱八路军!反动的东西,再好咱也不能交往,这是一理。有一回我在一个富人家宿下,天亮时分让假鬼子包围了。这时候我已经有了双枪,就一手一枪地干,让小姐给我准备子弹。小姐眼明手快,俺俩忙了半天,才把敌人打退了。这样的小姐哪找去?我想让她奔咱根据地去,她舍不得父母。这就多少看出她有些反动了。也罢,我自己进了林子。这时节我身上的枪伤已经有好几处了,我想等到见了首长那天,也不讲功劳多大,只把衣服脱下就是。有的首长装作有大功的样子,其实全身光溜溜的,没疤没痕的,功在哪里?他娘的。比如有那么一个人我不说是谁，他现在又是场长又是书记，有一次洗澡我见了，前前后后看他，就是找不见什么。我问：'功在哪里？'他娘的。他不如我的女人！我战争年代交往的女人，哪个没受过红伤？她们咬着牙继续跟上队伍，有的站在路口给咱队伍唱歌说竹板，说：'快快走，快快干，翻过大山是好汉！'那是给行军的鼓劲哩！和平年代的女人也有模范，我看准了的不多，只有两个，一个是你老七家里，另一个是申宝雄老婆。老七家里你不用撇嘴，要明白天外有天。听文太讲她可不像男人那么混账，事事坚持正义。要知道世道发展到了今天，两口子也不一定就是一条线上的人。对她最了解的要算文太，小文太深入虎穴，得了虎子。反过来说，情同手足的人也会丧下良心。比如说，我在林子里打游击那会儿遇上一个快死的年轻人，用掐穴的办法把他救下来，又教育他参加了革命，跟上我干。我把自己的驳壳枪给了他一支，教他如何打敌人脑门心。后来的事我真不愿说。他长得又瘦又小，脸色蜡黄，不说你们也知道像谁。我可怜他，有好的尽给他吃，想喂胖他。夜间寒冷，我用衣襟盖住他的小腿弯。有时半夜刮大风,风钻骨缝呀,他就哀求说:'丁司令,丁司令,让我钻进你胸口那儿吧。'听听他没有血色的一对小嘴唇多么会说,跟我叫司令哩。我说:'罢,钻吧!'他就倏地一下滑到我大襟衣裳里边,贴在我身上。他真瘦啊,骨头硌我;他的嘴里老有一股邪味刺我的鼻子,还不知好歹地'夫夫'吹气。有好几次我真想捏住他的脚趾把他抽掉扔了。后来我还是忍了。为什么?就因为他是个革命的战士了。再说我也该有自己的儿子,他这样在怀里屈着让我多少动了父子心。有时候,我抱着抱着,就觉得是自己的儿子长大了。不过我还没有老婆呀,儿子,哪来的儿子!臭东西,嘴里一股野蒜味儿。你们看,我哪里对不起他。白天,我让他正步走,用树根给他扎上腰,教了他一首老根据地的歌。谁知到以后,到了战斗激烈起来的时候,就是他把我们卖了——那个人跟我一起,另一个革命队伍的人——这也是后话了。我要说的是有那么一天,我在林子里摘桑葚儿吃,登上一棵树,发现远处一群苍蝇嗡嗡嗡。我知道不好,就跑了过去。离开那地方老远,我就闻到了一股臭味儿。扒开树枝一看,我发现了一个快死的八路。他的一条腿坏了,动不了,饿也快饿死了。那条腿呀,烂得吓人,上面白白一层蛆虫,臭味就是那上面发出来的。他快死了。我扒树枝时发出了声音,他的手指就按到了扳机上。想想看老七家里和年轻人,想想看,快死的革命队伍的人还这么坚强!我看了赶紧摆手说:'莫按下手指呀,我和你一模一样。'他不信,手指还放在扳机上。焦急中,我从裤兜里摸出了那个红五星。我就这样挨近了他,他也昏过去了。我闭着嘴不喘气儿,用茅草做成小笤帚给他扫去蛆虫,扫一下,我的心缩一下。多么疼啊!革命多么不容易啊!扫完了蛆虫,我又给他喂桑葚,嚼一口,用手指给他抹一口。后来他转醒了,我们谈了起来,越谈越亲。我知道他也是老区来的,领头的就是刘志丹!他一个人坚持在这林子里打游击,腰里还别一卷地图。图上的一角划了些点点,他说这是他的游击区,我那时知道了这区里还有另一个人在游击。我从交谈中知道他打死了不知多少敌人,只是前几天被敌人的小手炮打伤了。他是个老实人,不喝酒不抽烟，有点空闲就看地图。他是个好人哪，太好的人不能打游击——只会击不会游，哪有不失败的道理。我给他打来了野物，烧得喷香喂他吃。我端量了他一会儿，见他个子不太高，脸上有块疤。我问他叫什么，他说：'我叫吴得伍。'

"他叫吴得伍，我一下就记住了这个名字……"

军彭一直聚精会神地听着，这会儿带着哭音蹦了起来，喊："那是我爸呀！我爸我爸我爸……呜呜呜……！"

老丁离开座位，一下子夹住了军彭的脸，用手拍打着、抚摸着，泪水哗哗地流下来。老人说："不错，正是你的爸爸。好孩子你不要难过，不要哭。好好干，好好继承先烈的遗志。我那会儿用野物喂他，他活过来了，你不用担心——你听我讲下去。"说着放开了军彭，回到座位上。老人流着泪水喝口酒，又夹了肉片，费力地咀嚼。"这真是个英雄。他被我救下，从今后俺们一块儿干，再加上那个小瘦东西，革命队伍一下发展成了三人。三人总得有个头儿，我们决定选出个政委来。照理说，吴得伍看得懂地图，

139

当政委最合适，我跟小瘦孩儿说好都投他一票。谁知小瘦孩儿嘴上心里不一样，暗暗投了我一票，这样我得了两票——另一票是吴得伍投的——我成了政委。我怎么能当政委？久后我怎么有脸去见刘志丹？我真想把小瘦筋的头拧下来。小东西高兴得嘻嘻笑。我说不用笑，夜间睡觉你站岗。吴得伍这个人——军彭同志我要说你爸句坏话了，他哪里都好，就是有一条，太顾恋老婆。睡到半夜里他常常没了影儿，这开始让我起了疑心。我怕他是个通敌的人，你知道战争年代人专往坏地方想呀。我后来暗暗跟上他走起了夜路。好家伙，你爸手提盒子炮行走如飞，爬了一座小山，跨过芦青河桥，又转过三个大村镇。他走了足足有四十里，我跟着他累得吁吁喘。后来他在一个小土屋跟前停住了，敲门三下，出来个女人。我怕他们是有勾搭的那种事情，后来才明白革命队伍的人是不拿群众一针一线的，不会那样的。真的，原来他们是夫妻。干革命多么不容易，回家睡觉要跑上四十里，来回八十里，天亮前还要赶回宿营地。从年岁上掐算，军彭同志，你是那些黑夜里有的一个人了。那时我对吴同志多少有些看法,心想你对女人也太迁就了,也不管是什么年头。不客气说,他算个喜好女色的人。我以政委的身份批评了他,他没有吭声。后来呢?后来我为这个后悔了一辈子。原来他早做好了死的准备。一个快死的人了,怎么不可以?他是最后亲近女人了。人到了快死的时候自己知道,人是有古怪灵性的。但是我相信他不知道会死得这么简单,他那些日子只知道有什么从天边逼近了,就像一块黑色天气,上拄天下拄地,不声不响地凑过来。他知道死的日子快要到了,得赶紧留下个后人。他想得不错。后来真的出事了,小瘦东西不见了!我们两个人满林子找,怎么也找不到。天刚蒙蒙亮,我对吴得伍说:'恐怕不好,小瘦东西要是把我们卖给敌人,我们就算完了。'老吴是个好人,思想不转弯。他说:'怎么会哩?'我说还是防着点好,就拉他一下往东跑下去了。跑了没有几步,有人嘻嘻笑。我一看,原来四周的大树底下都蹲了假鬼子。完了,我估计得一点不错。我这会儿把手里的枪一下插进腰里,说:'你们先别急着动手,死活一会儿就明白。

我先要把自己家的事办完——小瘦东西趴在哪？你给我出来，本政委要见见你！'没人吭声。我又喊一遍，有个角落沙啦啦响，那个小瘦东西真的站到树底下了。我一见他恨不能把他的头砍下来。我大喝一声叛徒，他吓得直抖。我问：'小瘦东西，我问你，我把你当亲儿子待，救了你的命，我哪里对不起你？'小瘦东西擤着鼻涕，哼哼着说：'对、对得起。''那你为什么还要卖我、卖你吴大？'他揉着眼，半天才说：'人家对我更、更好，人家给我好饭吃。'我死也要死个明白，就问：'什么好饭？'小瘦东西答：'包子。'一群假鬼子哈哈笑起来。我快给气死了。就为了几个包子出卖了革命队伍，向敌人告密，老天爷可是亲眼见了。我一下抽出枪来，第一个打叛徒。谁知小瘦东西被后边的人挟上退下了。接着他们喊着让我俩投降，俺回答的是枪子儿。吴得伍好枪法，一枪打一个。俺俩边打边退，我的胳膊受了伤，老吴的腿受了伤。他跑不动，我就连拖带拉拽他走。他的血啊，把我全身都染红了。后来老吴的肩膀又挨了一枪，一说话就冒血泡。他说的话电影上也常演，就是嘱咐我替他交党费。先烈哪里都好，就是太挂记钱了。我说替你交就是，这会儿要紧是突出去。他说不行了不行了，我说行行行。他不走了，要用枪打自己的喉管，我火了，夺了他的枪……"

"爸！我爸我爸我爸！"

军彭再也不能支持，大叫着，碰翻了一个菜碟。

老丁又一次起来抱住军彭的脸，拍打着安慰他，等他平静下去，才坐在座位上。"老吴同志牺牲了。他死得很勇敢。我第一回见人死得这么勇敢。刘志丹手下的人就是行。他死了，我突出去了，全身都是他的血。他的血比什么都红，像红云彩一样啊。我一辈子会记住他流的血，我老丁什么都不怕，不怕人暗算，也不怕天塌地陷。我跟俺们吴得伍扛着钢枪打天下，地图一角的小点点就记下了我俩的游击区！我要一个人打游击了，打一辈子游击啊！吴得伍啊，你放心走吧，我一个人待在这游击区啊！"

老丁说着说着喊起来，单腿跪地，昂着头颅向南望去。宝物从它的位子上离开，匆匆地在酒桌四周行走。黑杆子激动中和老七家里靠在一起，抹着眼泪。

文太的脸红一阵黄一阵，胡乱搔着头发，终于又一次弹跳起来喊一句：

"你活得英勇啊！你不甘平庸啊！"

他喊完气力顿失，像泥土一样瘫在那儿。小六瞥瞥周围的人，伸长脖子吸了一口气。军彭一直在哭，这会儿揩揩泪水，上前抱住老丁说："老丁场长，老丁场长！受孩儿一拜吧！孩儿不知道你是先烈的战友，不知道你们一起浴血奋战……孩儿对不起你呀。我，我还暗暗怀疑过你不是场长。从今后，你老说什么就是什么，我把你当成父亲。我要革命到底。"老丁的泪水滴在军彭的头发间，伸出粗老的大手按住他说："好孩子我不怪你，吴得伍没了，还有我哩。谁敢欺你？不瞒你说，孩子，你丁叔的这把宝剑就是用来查访那个叛徒的，早晚刺在小瘦东西的脑门心上。记住啊，人不可轻视吃物，那个叛徒在当年还不就是为了几个包子出卖了先烈？叛徒都是告密的好手，他不在了，他儿子也会在，我凭他的长相就能猜个八九不离十。好孩子，要继承先烈的遗志，要跟我一起查访那个叛徒。你没听人说吗？有人把国家变色的希望寄托在第三代、第四代身上。军彭，记住咱们林子里出过一个叛徒——这个告密的好手，让咱查访到的那天，也就算活到头了。记住，记住叛徒的长相……"

八

小六不停地喝凉水。后来全身热烫，像被火烤过了一样。他唇上爆起白皮，嗓子沙哑。早晨或深夜天气凉爽时，他就赤着脚到林子里奔跑。有一次脚背上刺了一根大棘，让黑杆子给他拔出来。林子里有白色的杨树干，光滑得很。他抱住树干，身子就软了，嘴里呼唤："小眉小眉小眉！"从林子里回来，眼角发红，嘴上的裂口流着血，后面还紧跟着宝物。黑杆子没好气地问一句："你痴了吗？"他夜间在床上翻滚，哎哟声接连不断，文太真想给他拧下一块肉来。有一天半夜他坐起来写什么，钢笔尖沙沙有声，众人一齐举灯围住他看。只见一张白纸上印痕重叠，只是无色,原来钢笔无水。白天他随别人一块出去劳动,神色焦虑。有一次他拦住了军彭的去路,说:"军彭同志,没人能跟我谈一谈。你能够跟我谈一谈吗?"军彭冷冷一句:"谈什么?"他的手抖着说:"谈谈……爱情。"军彭用厌恶的目光盯住他。他说:"一阵一阵,像浪一样往前顶,我受不住。我受不住哇。这是爱情啊,我受不住。我寻思她模样,睁眼闭眼都是她。第一回的,第一回有个爱情了。她像不明白。一阵一阵往前顶啊,这些日子又猛烈了……我!军彭同志!跟我谈谈这个吧,我憋不住了,我憋死了,我不行了呀!没一个人跟我说话,我不行了呀!"军彭哼一声:"你不是买了一片化制墨水的颜料吗?你会写嘛!""不行呀,不行呀,我只买过两片……"军彭厉声质问:"第二片呢?!"小六的脚抬动着:"我、我……""你是个阴暗的人!你这样的人也配谈论爱情吗?"军彭说完,大踏步向前走去。小六僵在原地,后来大仰着脸,踉踉跄跄往前赶。他见到做活的民工,一步闯过去,睁大眼睛四处寻找,问:"小眉?"妇女们大笑:"谁还不行,非得小眉不可吗?"他说:"小眉。"他出了林子，一路匆匆奔向村子。他在街巷上转着，有时还弓着腰。有一次，小眉真的出现了，他扑到跟前问："你怎么呢？你快呀！"小眉嘻嘻笑着，从衣兜里摸出一张纸片，捏住一角抖着，转身就跑。她边跑边回头，希望他追赶。他叫着追起来，赶过一条巷子又一条巷子。有一次，正好参谋长和公社女书记转出来，一下拦住了他的去路。他从他们中间穿过，参谋长一愣，拔出了小手枪喝道："站住！"他不听，还是跑去了。参谋长让民兵把这个人逮住，绑住押到办公室盘问了一番。小六呜呜讲不清楚，民兵用枪托捣他。小六一边抵挡着一边嚷道："哎呀，好香的野艾草味呀，好香呀。野艾草味呀，好香呀，一阵一阵的野艾草味呀，哎呀，我受不住的艾草香味呀……"民兵都笑了。参谋长用手托起他的下巴看看，说："是不是误食了毒蘑菇？"他让人去喊林场来领人，文太就来了。文太给小六松了绳子，又取一瓢凉水给他当头浇下来。小六不喊叫了，摇着头，摇去了满脸水珠。往回走的路上，文太斥责说："你想怎么样？告诉你，损坏林场与地方关系的事劝你还是不要做。"小六说:"我想小眉。文太,我想小眉,我不行了。"文太说:"劝你还是不要做。"小六说:"小眉呀,小眉呀,小眉小眉小眉……"他越说越急促,后来撇开文太,一个人向林子深处跑去。

文太本想将近期小六的情况向老丁汇报,但后来发现这不能够。老丁躺在帐子里,像小六一样翻动着身子,见了文太一把抱住,说:"文太,我心里有火啊!"文太知道老人又想起了女教师:那封信仍不见音讯。老人耐心地等待了七天,第八天上,他终于受不住了。老丁说:"人家不愿意吗?我寻思她会愿意。"文太一拍大腿:"她当然会愿意。她也许高兴过分了,一时不敢回信。"老丁叹息着:"折磨死我一个老人了。我耐不住性儿啦,老想跑去看她。我一遍一遍想她的肩膀,走路的稳重样儿。上次她来采药,我和她说话多顺茬儿。我知道她喜欢我。"文太想了想道:"喜欢和喜欢不一样。她如果喜欢的是你的职位,那就不能算真正的爱情了。"老丁有些不高兴地盯他一眼:"说哪去了!她是那样的人吗?她喜欢的是我这个人。"老人在炕上活动一下身子,把头压在枕头上咕哝着："尊敬的国家女师啊，俺林中人先向您道一声安康……您也不能不理别人的死活。您的心好硬啊，林中人怎么受得住。我们都是公职人员，更应该多体贴才是！国家女师！国家女师！我要在这里骂您哩，国家女师！"老人的脸在枕头上颤抖摇动，整个瘦小的身躯弓起又放下，帐布被震抖了。文太惊讶地看着，心想老人与小六是绝对不同的两个人，可这几天的情状却是相同的。他那么替老人难受，知道这一切对一个老人是无法抵挡的——那像火苗一样燎着胸口啊。他紧紧握着老丁的一只手，又把这手贴在脸上。他自语一般急急地轻轻地呼叫着："老丁场长，我比谁都理解您老！您是个重感情的人，您待我们场里人恩重如山。我真想帮您,可又帮不上忙。您老多保重啊，您老自己多支持着一会儿吧。我真恨那个国家女师，让我骂骂她吧。"老丁从枕头上抬头插一句："不许骂她！"文太急忙说："我怎么敢骂她！像您老一样，我是说说气话。我多想看看她的模样，她多么稳重大方！她多么文雅！我一辈子看不到比她更美貌的女人了。"两个人紧紧搂抱在一起，互相捶打后背，久久不语。

　　这个夜晚，文太陪老丁在小学校舍四周徘徊。他们指点着寻找女教师安睡的那间小屋，后来见黄亮的一扇小窗上映出了女教师的影子。她在端杯喝水。老丁紧紧盯住，说："看见了吧？她尽喝水。哎呀，我算见着她了——你知道我不敢来看她。"文太握着老丁的手，弓着腰往前走几步，说："老丁场长，我真想过去拍拍窗纸，把她叫出来。"老人阻止了。他说这只隔了一层窗户纸，一戳就破的，就破的。后来灯熄了，老丁说："她睡下了。看着她孤单单的，我心里真不是滋味啊。多好的姑娘，四十多岁了还是独身！我们怎么早就没有发现呢？这事咱也有责任。我们应该早早让她结束独身生活。"文太信心十足，用力握了一下老人的手："会的。一定会的。"他们继续沿校舍旁的小路走去，长时间沉默着。小路两旁的草叶有露水生出来，夜已经深了。老丁接着又讨论了一旦婚期来临，他们要做些什么，等等。他们讨论了每一个细节，比如新房的安置、酒宴请不请参谋长和老七家里，等等。较为一致的意见是坚决不请公社女书记。还有,在婚期的前后十天时间里,要让黑杆子和宝物特别注意一下某个人。天有些凉,天空的星星又大又白。老丁看看校舍的方向,见它无比安静地呈现一溜黑影。不远处的小村庄有狗的叫声,叫声停了就更加寂寥。他抚摸着自己的胸部,轻轻哼唱起来。后来这歌声就大了,引逗小村里的狗齐声鸣叫。老丁唱着,唱罢对文太说:"她会辨出我的音调来。我相信这夜晚她是睡不安稳了。多好的一个夜晚,我唱了歌给她听。"他的话音刚落,一个黑影飞快地奔过来。老丁一眼看出是宝物,说:"它来了。它是不放心我呀,走吧!"

老丁的事情使文太越来越沉重。他等不到女教师的回信,像老人一样焦虑。他对军彭说:"快十天了,就像钝刀割肉,谁受得了。"文太讲了事情的前前后后,说:"老人把你当成儿子一样,别人我才不讲。"军彭在小屋里踱起了步子,停住说:"让一个德高望重的老同志在婚姻上折腾成这样,我们是不称职的。"文太点点头:"不过怎么办呢?"军彭只顾自己说下去:"老同志为革命战斗了一辈子,晚年什么幸福不该得到？我们眼睁睁看着他这样，对不起他啊！"文太久久地握着军彭的手，默默无语。

老丁越来越消瘦。几天来他不吃饭，只喝一点蘑菇汤。后来他病倒了。文太、军彭和黑杆子焦虑万分，用各种野物给他补身体，又请来小村一个中医开了汤药。老丁的病时好时坏，参谋长和女书记代表地方来看过，彼此使着眼色。老丁对左右说："什么医生也除不去我的病根。"参谋长问："病根在哪里？"老丁不语。他们走后，老七家里又来了。老丁握着她的手，再三抚摸。老七家里亲了亲老丁鼓鼓的额头，哭了。文太说："我从来没见过这么动人的爱情。"他们此刻最恨女教师，都认为她比不上老丁场长一根毫毛。夜间，秋风吹得人心里一揪一揪的。小屋里，只有老丁和小六的铺子发出叹息声。两个不同的人，在同一个夜晚害了同样的病。风一阵大似一阵，野物凄啸。有鸟儿扇着翅膀从屋顶上经过，带来了隐隐约约的雷声。文太也睡不着，蒙眬中见军彭一个人披着衣服在屋里踱步。风把什么吹得尖响，像一阵阵邪恶的口哨。宝物从屋角爬起来，转着身子将尾巴压到屁股下，才重新躺了。夜深了，黑漆一样的雾气从窗缝涌进，蒙到了文太的脸上。文太觉得军彭爬上铺子，黑杆子起来小解，之后又到干粮篮里拧了一块玉米饼填到嘴里。一阵咀嚼声引来了三两个蝙蝠，它们呼呼飞着，紧贴着文太的眉毛滑过去。林中一棵大树折断了，发出"咔啦啦"的巨响。文太似乎看到折断的大树枝叶下，有一个褐色的大河蟹支起笨躯爬过，沙沙声如同急雨。一片片泥土在风中开了裂纹，接上无数的蘑菇圆顶钻出地皮，一望千里，令人惊悸。每一个蘑菇顶部都生出一只眼睛，张望着黑夜。文太心上一紧，泪水从颊上流下来。他爬下铺子，伏到窗口上望着，见无数的树冠猛烈摇摆。突然，他看到黑漆漆的丛林间飘出了一团白影。白影在跳动，可以辨出是一个舞动的人形。文太"啊啊"大叫跌在地上。黑杆子一翻身滚下来，抱起文太。文太说："看看！"白影跳得近了，离窗口只有十几米远了。老丁哼哼着爬出帐子，小六也到窗前来了。那个白影呼叫着在原地跳动，声音粗哑。文太吸着凉气，声音颤颤地问："你是什么东西？"白影答："我是人。"文太说："你是谁?"白影又答:"我是小野蹄子。"文太尖叫:"你不是!小野蹄子死了,让毒蘑菇毒死了。"白影跳着,哈哈大笑:"我就是小野蹄子。我把命丢在林子里了,我来找我的命啦……"文太离开窗户,说:"妈妈呀,小野蹄子真的来了!"白影继续呼叫:"我是小野蹄子啊!我来了!"她喊着往前扑,屋里的人慌乱起来。黑杆子去取枪,忙乱中走了火,把屋顶打了个洞。这一下大家都记起鬼是打不得的,绝望中向后门挤去。白影长长的毛发在风中撩动,很快靠近了窗口。一屋的人全跑出了后门,四下奔去。老丁跑在最后面,他的头脑被凉风一吹,清醒了许多。后来他站住了。

白影跷着脚去摸干粮篮子,大口地嚼着玉米饼。

老丁看得清楚。老人轻轻地靠上去,猛地将白影抱在怀中,任她大叫着挣扎,只是不放。后来她失了力气,一下子疲软了。老丁给她掀去头上的麻绺,褪下身上的布单。她哭了,连连求饶。老丁这才辨认出是来小屋里补过麻袋的一个姑娘。老丁厉声喝问为何装鬼?她说:"俺饿。俺想拿走干粮篮子。"老丁说:"你可知这是犯大罪的?"姑娘身子抖着,直说:"俺饿呀!"老丁让她吃玉米饼。她泪痕未干,就两手捧住吃了起来。老丁把干粮篮子摘到帐子里,帐里立刻充满了玉米饼的香味。她哭着,说再不敢了,不敢了。外面的风继续刮着,野物不停地呼号。老丁把所有的玉米饼都包好,交给了姑娘。姑娘走的时候谢过老丁,说要把这些玉米饼交给年迈的奶奶和姥姥。她再也不敢了,不敢了。她趁着夜色溜出去,没有忘记那个白布单和一团麻绺。天亮时分,几个人从林子里钻出来,见老丁正躺在帐子里呼呼大睡。军彭感叹道:"真正的唯物主义者是无所畏惧的!"文太说:"我听见白影儿在尖叫,吓死我了!我到处找老丁场长,还当老人被鬼掳去了——那样场子就得塌了天了。"小六脸无血色地爬到铺子上,用床单蒙住了全身。一会儿,床单颤动起来,传出了抽咽声。军彭厌恶地转过身去,在屋内踱起了步。早饭时,老丁醒来了,神情安定。他招呼大家吃饭,黑杆子取过干粮篮子见空空如也,不知如何是好。老丁说:"它们被鬼取走了。鬼也饿呀,他们都是贫农。"一句话说得大家不语。小六的呻吟渐渐弱小,后来就睡过去。文太和军彭动手熬了点蘑菇汤，勉强吃了早饭。文太讲起了小野蹄子金黄的头发，军彭瘦削的肩头抖了几下。他恳求说："老丁场长，人民多么需要你的才智！早一天写出《蘑菇辨》，早一天挽救出一些人。您老贡献吧！"老丁点点头："不是不写，是工作太忙。一个分场有多少事情，我实在闲不出手来。写是要写的。"文太在一旁催促说要尽快为老人笔录。"伟人大半是有著作的。"他说。老丁拍拍手："也罢也罢，那就写起来吧。"接下的时间里，文太调制黑墨，老丁闭目养神。他们坐到了帐子里。这期间一些闲事都由军彭和黑杆子照料，宝物常常跟随小六。以前写任何东西都不是这般艰难，这似乎要花费很多个时日。文太出来时总是急匆匆的。

小六在林子里劳动，蹲下就不愿活动。他的对面有一个年老的民工在拔草，他就闲下手来喊："你是小眉吗？"老头子斜他一眼。小六说："然而不是。"做活的民工中有细弱一点、穿了鲜艳衣衫的，都被他认作了小眉。他伸手去捏人家的头发，被人家打了嘴巴。小六沮丧地蹲下，揪掉一株草。宝物在他身旁撒尿，臭味刺鼻。它对小六笑着，残牙露出来，呈漆黑的颜色。有一次，一只小野兔子不慎被它逮住，它就在小六眼前二尺远的地方宰杀猎物。小兔吱吱叫着，一道血水溅到了小六身上。小六退一步，宝物就咬起猎物逼上一步。血腥味顶着他的鼻子，他捂着鼻子拒绝呼吸跟前的空气。然而宝物耐心地咬开毛发极为细腻的小兔腹部，咬出尚在跳动的器官，咬出一个杏子大小的紫红色的东西，咬出一个像碧蓝的石头似的东西，又咬出一瓣菊红的叶片。它咬着，舔着上唇。小兔内脏中分离出一个活跃的东西，在沙上滚动了一下，接着蹿起半尺高，又往前一蹿，蹿到一边的小树丛中。小六呆住了，一动不动。宝物呼地一扑，长嘴到树丛中拱了几下。一会儿，树丛中有什么"呀"的一声哭了。小六木木的脑瓜在想：那个蹿跳的东西大概是小兔的灵，小兔的灵刚死去。宝物折回来了。小六惊讶地发现：宝物丑恶的脸腔一瞬间被印上了绿得发黑的几个箭头，这些箭头指向各不相同的几个方向，像是要撕碎一张肮脏的面孔。小六说："你……"宝物迎面一吼，然后去吃剩下的肉块。黑杆子掮枪走来,手里捏着三两个又大又黄的柳树蘑。他粗声粗气地对小六说:"玩什么名堂!"小六指指宝物,黑杆子怔住了。他对宝物说:"玩什么名堂!"宝物在原地一卧,接着四蹄一腾,一阵沙烟爆起来,一下子迷住了两个人的眼。他们搓着眼,等沙烟消尽了再寻找宝物,它已经无影无踪了。黑杆子大声叫骂起来。小六一个人做活的时候,不免又陷于沉思。有姑娘之声在树丛震响,他必然身体抖颤。野艾草的香味阵阵扑鼻。他举了一束野艾草不停地走。在黝暗的林子里,蜘蛛的网子不断地将他罩住,他奋力摆脱着。蜘蛛在树梢看着他挨上咒语,心中兴奋。蜘蛛把从未有过的恶毒咒语抛向了这个枯瘦青年,因为他的面部已经显出了不祥的兆头。小六若无其事地举着艾叶往前走,后面传来了军彭严厉的呼叫,他像没有听到。后来他走出了林子,向小村方向奔跑起来。蜘蛛的咒语追逐着他,他疯了一般向小巷子里跑。

一个缚了草绳的奇怪的残土墙上,有着四方小洞。小六惊喜非常地趴在洞口向里望着,嘴里一声接一声咕哝。他想把身子扎进那个洞里,但总也不能。小方洞的深处有什么在活动,他激动地哭起来,肩头抽搐着。这样停了不知多长时间,突然有一个老头子穿了黑衣服,手提一根木棒走过来。老头子摸了摸小六的后背,伸手抓住拉出来,照准头部就是一棒。小六像一捆谷秸一样倒下来。老头子骂了一句,弓着腰跑开了。停了没有一分钟,一只黑黑的小手在小方洞里摇了一下,一会儿一个黑黑的姑娘跑出巷子,大叫着拍打倒地的小六。小六怎么也不醒,黑姑娘就一下下拍打,后来还抚摸起他变硬的胡碴。她四下里看着,急出了眼泪,嚷着:"你好狠心哪爸!你把他给打死了!"她嚷着,捧住小六的脸,在鼻子的一侧亲了亲。不一会儿,小六醒来了。他一定睛,立刻大叫:"小眉小眉小眉!"他紧紧地、毫不犹豫地抱住了姑娘。小眉像被勒坏了一样,脸庞憋变了形,一双小手狠推小六。小六松松手,说:"妈呀!"小眉说:"你刚才死了。"小六两手按住她的肩膀说:"我等你的音信!我等!你怎么了?你怎么了?"小六发疯地摇她。她"咯咯"大笑,一下蹦起来,跳着后退,说:"嘻嘻,等什么音信？嘻嘻。"小六拍着手叹息:"怎么办哪！又美丽又愚蠢的人！叫我怎么办呢？"小眉凑前一步问:"什么是'愚蠢'？就是长得黑吗？"小六哭丧着脸没有回答,只好伸手按住她,不歇气地吻了一会儿。他们在一块的时候,正有一个四五十岁的中年妇女在巷口上看。他们吻一下,她就咬一下牙,下巴用力地点一下。她手里提了一包干蘑菇,正要去小店里。她是老七家里。她的一双大黑手正按在墙上,十个手指把土皮抓下了屑末,哼哼地笑着。停了一会儿,她觉得眼前模糊,就用青布衣襟去擦眼。擦完眼,人家两人已经分开了。只听小六急急地喊叫:"收到了吗？"小眉笑着嚷:"收到也不稀罕！"小六一跺脚:"我问收到了吗？"小眉从衣襟里掏出了两张纸,在远处抖着:"就是写了黑麻麻的糊窗纸吗？"小六说:"天哪！你不识字。这是信哟——我天天等你回音,天天……你！"小眉嘻嘻笑着,一边抖着一边跑,让小六追赶。小六真的追上去。这边的老七家里两眼放出了光亮,焦急得直搓巴掌。她的脚抬了几下,但终于没有挪动。焦急中她拦住了从另一个巷口拐出的一个老头子,对在他耳边说了几句,然后转开了。老头子双手举拐一声断喝,小六回了头。老头子招手让小六过来,小六不解。老头子又喝:"给我过来!"小六挪过来,老头子狠狠一拐杖,骂道:"你撑闺女家!"小六捂着头躲闪,又想起了什么往回跑去——可是小眉已经不见了。

小眉抖着纸片往前跑,被老七家里拦住了。她一手挟住干蘑菇包,一手飞快地揪了小眉一下,把她揪到另一条胡同口。老七家里问:"手里是什么?"小眉把纸片背到身后,不吱声。老七家里说:"拿着吧!反正你是睁眼瞎。什么时候了?还不快找个识字的念出声来,你知道那上面藏了什么?你就不害怕!"小眉疑惑地看她,问:"你识字吗?"老七家里骂道:"识你姥姥家个地瓜蛋!我不识,我不会找学问人吗?"小眉又说:"我不愿找参谋长和女书记。我想找女教师。"老七家里做个吓人的手势说:"天哪!女教师这会儿正白天黑夜想着老丁呢,焦急八叉的。她看了这些字纸,好的地方她还不偷换了去呀。这可不行。"小眉急得要哭,老七家里说"交给我,交给我",说着一把扯下信纸往前跑去。小眉跟上她跑,她说:"回去等吧。我没告诉你结果,你千万不要再靠近那个蜡黄脸小六了,啊?!"小眉这才止步。老七家里跑着,到小店扔下蘑菇,又往林子里跑去。宝物迎着她打哈欠,她不睬。进小屋的时候,宝物将她拦住了。她大叫,立刻被黑杆子捂住了嘴。她想骂,军彭披着衣服走来了,说:"不要吵。"老七家里压低了声音:"我要见老丁场长。"军彭摇摇头说:"对不起。这不成了。"老七家里刚要喊,黑杆子又捂嘴巴。军彭解释说:"老丁场长近几天与文太(他仅仅做记录和细部整理而已)正作《蘑菇辨》,谁也不得打扰。万望海涵。"老七家里急出了汗水,紫色的嘴唇爆起白皮。她从衣襟底下摸出叠起的纸片,晃一下说:"俺是报材料的。"军彭说:"那报给我好了。"老七家里说:"臭美。这材料俺只报给老丁场长。"说着她跑开了。停了没有几分钟,老七家里重新跑到小屋跟前,不说话,只从怀中掏出那几张纸——上面已经插了三根鸡毛。军彭上前看了看,知道鸡毛信是火急的,只得放她进去。老七家里将信纸掖进帐子的褶缝里,然后坐在炕下一个蒲团上。稍顷，帐子里有些混乱，文太和老丁骂起来。老丁从帐布间探出坚硬的头颅问："怎么到手的？"老七家里答："从小眉手里取来的——她也不认字儿。"老丁走下炕来，咬咬嘴唇说：

"事情透底了。原来小六为这个又买了一片墨水颜料。嘿，鬼东西，这下算明白了。"

老丁将宝物和黑杆子、军彭叫来屋内，讲了事情的原委，让文太宣读小六写给小眉的信件。老人很快活："听听吧！咱一分场就是出才人。听听才人想了些什么花里胡哨的东西。这回谜底算揭开了哩，嘿，小六是个什么都会写的大才人。他想小眉了——那闺女可实在，他眼力不能说错。文太念念，念念。"文太清了清嗓子，说："他的文法不顺，不过同志们凑合着听吧。"他念道："题目，求爱信：接正文——亲爱的小眉小妹您好。接到这封信件您必然感到突然慌乱，恳切期望您能稳重大方。这信的目的一言以蔽之，仅为了送去些感情构成一对革命战友而已，别无他求。先介绍一下本人政治面貌及其他基本情况，供您夜间思考。我生于古历二月，生日较大。家庭出身雇农：房无一间，地无一垄，父亲外出时穿母裤，而母只得卧炕并以黄沙埋住腰部以下。可见成分比雇农还贫，因而苦大仇深，坚决支持革命斗争。十七岁入团并且宣誓，介绍人一个姓李一个姓张（他们如今不知去向未再联系）。本人积极开展政治，努力学习，要求进步，身体健康。注：身高一米六五见硬，略显黄瘦但并非疾病，因七岁那年开春患过蛔虫（并不传染），食虫药三包，泻下死虫无数，痊愈。社会关系方面父亲早死，母亲为一家庭妇女，没有兄妹。现存世上尚有姨母三闺女的外甥（呼我为舅）一人在家务农。总之，政治面貌清白，根红苗正，且成长在红旗之下。本人常常忆苦思甜，牢记父亲讨饭被地主放狗咬伤，及冬天在大雪地冻掉九根脚趾等事。地主逼债如狼似虎闯入我家，见母用黄沙埋住下身即用力拽起无所不用其极。血泪账一本本记下，共同生活时我会常常与你温习并互相鼓励前进。您本是我阶级兄妹，在林中一抬头见了便产生深厚感情，夜间尤其思念（白天稍差）。思念您周身上下一处处手足头脚等等，心中激动万分。您之眉眼如革命闪电，电光石火稍纵即逝；您之两腿如同总场场部的那匹灰斑骒马，又踢又蹦一奔千里无敌手。小脸黑油油是劳动人民本色，虽然脚上有牛粪然而革命者喜欢。您泼辣大方艰苦朴素，有一次裤子破了还坚持在林中劳动直到天黑。所有方面我都看在眼里喜在心头，几次想吐露又怕您把我当成流氓所以小心观测。观测结果就是这信。我思想深处即内心激动万分。有时恨自己没能出生在您左边小屋，同为村童，一起拔苦菜掷泥蛋赤身洗澡，由小到大进入学生时代。说不定恋爱更早发生，互相无所不知，成为新一代人民公社社员，结婚时老支书赠咱俩一副镢头、一个小铁锄，外加系了红绸的宝书。我们为革命种好良田及进行科学实验，志在广阔天地炼红心。我看你小肩膀很瘦即产生可怜，甘愿献上一切。您诚然不够丰满，但我坚信您是一块好钢。您不像有些中年妇女，与坏人勾结满身臭气，脱离农业生产经商反而自以为得意。任何人与此等妇女一旦结成夫妻，都会痛不欲生、自暴自弃，革命半途而废。所以，今去信并非只求男欢女笑、席上枕间、意志消沉。我与您即便有了后代，也仍旧坚持正确路线，互为进步表率，并不因那种事而毁了原则于一旦。年头长久必生出些老皱，但我信您是个老树红花儿，又吐新芽。红旗漫舞战歌嘹亮，高路入云端。我如能收到回音，就飞跑到小村看您，到那时再请介绍苦大仇深的双亲二老。我这信一发出就专心等待，盼你能不辜负革命战友的期望。本人正处于特别时期，度日如年有余（仔细情况等以后面叙），总之有人一手遮天，唯恐天下不乱。谢谢，致崇高战斗敬礼。紧紧握住小手。盼亲爱眉妹速复。于阳历七月七日一早。"

"他妈妈的！"黑杆子大骂了一句。

"多么狂妄，然而多么无知、多么腐化！"军彭挥了一下手。

"这显而易见是一封反动的信。"文太说着，瞥了一眼眼睛发红的老七家里。她这时揉一下眼，骂道："天哪，这个年头谁给俺做主呀！他信上说那个'中年妇女'还不是说我？指桑骂槐……"老丁大咳一声问："你亲眼见他们牵上线了？"老七家里拍一下腿：

"可不！我还见他们搂着哩。""这个大才人哪，净想好事，嘿嘿。"老丁笑着，招呼文太到帐子里写字去了。宝物昂头看着小六睡过的铺子，打了个响亮的喷嚏。

九

暮色苍茫，树影如山，宝物出巡了。

紫色帐子里仍旧盘腿坐着老丁。老人闭着眼睛说话，一边的文太把黑墨滴在纸上。湿漉漉的草叶绊着宝物的腿脚，它跳腾起来，正巧把一个七星瓢虫吸进鼻孔里。蜘蛛的长长丝线从树梢垂挂下来，宝物小心地躲开。文太埋下头滴着黑墨，老丁的手一沾他的头发，黑墨就一溜溜滴下去。智慧的主人哪，英勇无敌，威震四方。宝物鼻孔里的七星瓢虫箭一般射出。在一处残破的树坑边缘上，一溜儿生出五加六十一个蘑菇，有蓝有绿。它嗅着，弯着身子绕开了。参谋长和公社女书记躺在炕上，他们中间是一簇灿烂的金黄色伞顶儿。宝物至今身上的骨节还要在阴雨天里疼痛。它盼望那两个人挨上蜘蛛的咒语。水淋淋的藤蔓和树叶很快把它的皮毛湿成一团一团，水渍到皮肉上有一阵奇痒。沙土上印了深深的人的脚痕，分别散发出小六、文太及黑杆子的气味。有一处似乎散发出文太和老七家里混合的气息，宝物万分惊奇。林子里已经洒过几十次雨水，还是洗不掉申宝雄一伙人的肮脏。宝物觉得他们的气味有点像失效的粪便。申宝雄老婆的气息似乎也通过男人曲曲折折地传递过来，那是一种难言的霉烂丝绸的气味。文太身上一旦沾了这种气味，就必然去过总场场部。它嗅出这种气味，知道事情会有吉祥的结果。大河蟹浑身绿毛犹如青苔，凶恶的双目像没有长成的手指，一动一动指点江山。宝物认为出巡的时刻遇上它们，多少是个凶兆。老丁坐在帐中，文太滴出黑墨。一切都会逢凶化吉。老人多少时日没到林子里了？记不清了，算不出了，遗忘了一位数的运算。

就在宝物出巡归来的时候，老丁和文太从帐子中走出来，拂去了衣衫上的尘土。《蘑菇辨》写成了。军彭上前握了握老丁的手，表示祝贺。黑杆子兴奋得手都抖了,握不牢枪杆,十七斤半的土枪落到了脚趾上。他拐着去洗菜洗蘑菇,点火做饭。老丁满脸红光,长长地舒气。小六长时间蒙着床单呻吟,老丁伸手摸摸他的脑瓜说一句"大才人"。蘑菇汤做好了,宝物抿着嘴角。老丁招呼大家快快坐下,让黑杆子将小六拉起来吃饭。烧酒的味道使文太坐立不安,他的左手捏紧了右手腕子,摇动不停。老丁让文太先饮一口,说他几天持笔最为辛劳。文太美美地喝了,擦擦鼻子说:"辛劳的是场长您。这是您一生经验。我不过适时记下了您的智慧。"老丁微笑不语。老人让军彭和黑杆子都喝了酒,还给宝物的小碟中滴了五六滴。最后他把酒瓶递到小六手里说:"你也喝口吧,今天是大赦的日子。"小六木着脸,一口饮去了好多。老丁怔怔地看着,说一句:"好。"小六弱不胜酒,脸色一会儿变得血红。灯火点起来,光亮下每个人都兴冲冲的。老丁今夜饮酒很多,一会儿哼哼呀呀地唱起了歌。这歌声是大家十分熟悉的,只有军彭对其中不洁的词儿一时还难以适应。老人唱道:"我是个他妈的老皮起皱的好老头啊,火气太旺,六十岁了还出头油。想想十八九二十郎当岁,那时候力气大似牛。睡过多少革命觉,糊糊涂涂跟多少人儿结下了仇。不知道累,也不知道愁,打江山跑遍东南西北,瘦得像个猴。"他唱着,直唱到不久前闹鬼的夜晚,他说那可是个好鬼。文太惊恐地看看军彭,又看看宝物。最后老人唱到了女教师,自然而然地将那封信化成了歌儿。"国家女师!国家女师!"老人的筷子从手中脱落下来,泣不成声。文太扯一下军彭的手,两人离开了饭桌。"我从来没有见过这样动人的爱情。"文太声音涩涩地说了一句,再不吭声。这个夜晚小六早早上铺躺下了,呕吐了几次才睡过去。老丁直到深夜才算止住泪水。老人在最激动的时刻曾将文太几个人的头搂了,不停地拍打。那时刻,宝物早已坐在了老丁的怀中。军彭说:"我们一分场团结得像一个人一样。"他们商量了很多事情,都认为斗争形势发展很快。至于《蘑菇辨》,无疑是群众搞科研运动中最重要的成果,他们决定先向小村工作组负责人通报,然后当众宣读;适当机会,该成果将越级上报。

第二天一早，文太找到了参谋长等通报了科研成果。女书记拍一下参谋长的肩膀说：再也不会有小野蹄子以及那个亲爱的人的事件发生了。参谋长一笑，说不会了。文太接着谈到了小六，指出该同志近来行为反常，场里与贵单位取得联系，以免恶性案件发生。参谋长说不了解情况，难以插手。文太不高兴地说："军民联防嘛。再说他常常跑到你们管辖范围哩。"参谋长拍了拍脑袋："此人我抓获过。"文太笑着一拍手："就是他也，小脸蜡黄。你们不知道，他近来常常打一贫农女儿之主意，该同志叫小眉。"公社女书记瞪大了眼。参谋长说："戒严了就是。"最后分手时参谋长问过了老丁场长的身体状况，叮嘱对方千万代他们问好，请革命老前辈多多保重等等。文太一一应允，走了。参谋长与女书记立即差人将小眉传来工作组办公室，命令其立正站好。小眉不知何故，嘻嘻地笑。女书记喝道："严肃。"小眉不敢笑了。女书记掏出一个小本子，边问边记："年龄；性别；家庭出身；主要社会关系。"小眉艰难地答了，只是不懂性别。女书记厌恶地告一声："就是'女'。"又问道："你与小六进行到什么程度了？"小眉不懂。女书记拍一下桌子："睡没睡过？"小眉的泪珠一串串流下来。女书记看了一眼参谋长说："看来睡过了——很严重。"小眉抽咽着："你、你骂俺了，你把俺看成什么。"参谋长一摆手："不必纠缠，送她到合作医疗那儿查查。"他们推着小眉走了。一路上，很多的人跟上去，到了一间小土屋跟前时，已经围了一圈儿人了。小眉想跑脱，几次都被民兵逮住押回。赤脚医生一男一女，真的打赤脚，脚上沾了泥巴。他们把小眉抬上一个土台子，小眉又蹬又踢。没有办法，只得上来几个民兵按住，捆了手足。布帘内传来小眉"呀"的一声大叫。一会儿女书记与赤脚医生走出来，满脸汗珠。"情况怎么样？"参谋长问。女书记说："还好。"他们重新推拥着小眉到办公室去了。参谋长严厉地训斥说："告诉你，已经检查过了。你现在觉悟还来得及。小六有严重问题，决不许你与他来往。这是命令。"小眉说："俺不听命令。"参谋长从腰里掏出了小手枪，"啪"地放到桌子上。小眉说："打死，俺也不听。"

小眉房子四周有了持枪的人。

小六手持艾草跑进小村。拐进了小巷子,他又渴望伏到那个绑了草绳的土墙上,把头扎进小方洞里。可是一个民兵在土墙边挡住了他,往外不断地推拥他。他喊着:"我要见小眉!"民兵把枪横过来,一下子把他推倒,骂道:"去你妈的!"小六爬起来,不甘屈服地喊破了嗓子:"我要见小眉——"他的长声大喊引来了五六个民兵,他们把他拉起来,横竖楞揍,一会儿有血迹渗出鼻子。有人还把他的裤子撕成了一个破洞,让他正好不能遮羞。小六捂着破洞滚动,染血的脸又沾了沙土。后来他把脸贴在土上,久久不动,像要吞食土块似的。正这会儿,公社女书记喊着赶来了:"闪开闪开,让我看看流氓是个什么样子。"有人把小六拉了起来,女书记瞥一眼说:"哎呀!"她又看了一会儿,喝一声:"还不快跑,等会儿参谋长来了,非用小枪打你的脑门心不可。"小六一怔,接上撒腿就跑了。女书记也走了。一会儿一个穿得破破烂烂的中年妇女往小眉家走去,民兵们见是老七家里,也就未加阻拦。小眉听到小六的几声长喊,早已哭成了泪人。老七家里从怀中掏出一张破报纸,小眉当成情书抢到贴在了胸口上,问:"信上说了什么?"老七家里四下瞥瞥,说:"孩儿,你被人耍了。信上尽是有毒的词儿,你这么点儿年纪怎么受得住。他想用毒信把你骗到林子深处,用毒蘑菇把你害了。"小眉抱住老七家里,身子直抖。抖了一会儿,她说:"不过我想他呀,我老想要跟他。我一个人待在屋里试了试,不行。我老想要跟他。"老七家里伸开黑黝黝的五根手指,在小眉头顶捏了一下,骂道:"臭东西!到底是个没脸的货——幸亏我来。告诉你吧,我是个过来人,什么都知道。我找明白人打听了小六,人家说那是个有脏病的人(看看小脸蜡黄!)。他不中用。让他沾了身,你身上就慢慢烂,先是下边化脓,接着头发全脱。鼻孔眼里往外掉小蛆,小蛆又变成苍蝇……""哎呀妈呀!"小眉尖叫起来。老七家里接着说:"知道怕了?最厉害的关节我还没说呢。"小眉嚷:"别说了,别说了。"老七家里拍着腿:"偏要说!偏要说!他身上有个地方生了癞,谁见谁怕。到了半夜就疯癫,瞅你睡了,用小刀儿剜你的肉……"小眉昏了过去。老七家里用长长的指甲掐住她的人中穴，一用力，嘴里发出"嗯"的一声。小眉嫩嫩的上唇被掐出殷红的血。

这个夜晚下起了雨。小六躺在林间沙土上，让雨水洗着身子。他十分安静，一个大癞蛤蟆从腹部爬过，他一动未动。两个红眼睛的、小猪一般大小的动物在一边吵闹，他就像没有听见。这个夜晚不回小屋去了，让雨水淋死自己才好呢。他冻得瑟瑟抖动，头和脚快挨在一起了。呻吟引来三五只乌鸦，它们在头顶的枯枝上躲雨观察。他觉得身子底下有什么在蠕动，用手一摸，原来湿土滋生出了一簇簇蘑菇。他在蘑菇的圆顶上滚动，它们很快碎裂了。他感到一阵快意。雨水顺着枯枝及蹲在上面的乌鸦身上浇下来，他索性脱了衣服。赤裸的身体被雨水抚摸着。浓烈的艾草香味被雨水冲击着弥漫开来，他胡乱披一件衣服奔跑起来。黑暗中，他又一次准确无误地伏到了捆绑草绳的土墙上，把头颅深深地扎入土洞。他呼喊着小眉，小眉在屋子深处颤抖。"我是我啊，我是小六……"小眉用一个布单裹住身子跑到土洞一侧，大口喘息。小六哭了，说："亲爱的眉妹，你该回答我信。要不，你再亲我一下吧。"小眉停了半响说:"想不到……遇上你个坏蛋。"小六泣不成声:"你回我信!小眉小眉小眉!"小眉跺跺脚:"鬼才回你!你这个毒蘑菇!毒蜘蛛!"小六嚷着:"放我进去,放我进去呀!"他的头用力往前挣,脖子转动着。小眉慌了,拾起一个剁猪菜的木墩,轻轻砸了小六一下。小六的头往回缩着、缩着,瘫坐在土墙根上。雨停了。东方有了曙色。戒严的民兵又要到来了。小六觉得四周全是一片红色,揉揉眼睛站起来,扶着墙走出了巷子。林子就在远处,林梢像火苗一样红。他大口呕吐起来。

小六一直未归,小屋中的人怀疑出了事情。上午时分,参谋长与女书记来到小屋,要亲睹科研成果;而老丁则坚持要在全体人员面前宣读。于是黑杆子和军彭、宝物四出寻找小六。一会儿他们分别从林中和小村归来,都说没有见到踪影,只是在小眉后窗洞那儿发现了抓挠过的三两道印痕。时间宝贵,已经不能再等了。老丁只得带着一点遗憾,让文太宣读。宝物与女书记挨坐在一起,闭上了左眼。文太介绍了成文经过,然后缓缓读道:"《蘑菇辨》——谨以此文献给女书记之亲夫及女青年农民小野蹄子及古往今来一切误食毒菇之不幸人民——愿他们安息。观历来之典籍，虽对蘑菇多有记叙，浩繁如烟，却仍未精确分明。甚至有人借文墨而颠倒黑白，以菇论姑，黄色下流，不堪入目。盖因文权不掌工农，文人墨客没有实践。近代之书又称蘑菇为菌类，本文作者大不以为然。一菇出土，清香扑鼻，亭亭玉立，其伞部如少女之裙褶，何菌之有？吾认为蘑菇木一植物，其梗为茎，其伞为叶，分木本草本两种。俺老丁一生吞食此物无数，深得口腹之乐。幼时牙牙学语，生母即喂以菇汤，现仍记汤色乳白，略有米醋酸味。后长成青年，流浪山岗，从未断此等补养。再后来进入小林并负该分场之重责，更是在树丛湿草间往返来回，神出鬼没，因蘑菇绊脚而倒地无数。其形其色其味，耳濡目染烂熟于胸，且能举一反三。读书是学习使用也是学习而且更其重要。难忘初秋天景气候凉爽，本人清晨小解后食一灰菇，结果昏迷不醒映出幻象，男女追逐于气雾之间。如此情景另有三次，于是私判灰菇为不洁之物。又如一种红菇伟壮约有半尺余，颜色诱人亲近并做多方假设。其梗丝丝如肉，呈杏红，鲜丽不忍烹用。待到次日煮汤一碗试饮，始觉清香透过肺腑，直贯丹田。然不消一日三刻，只觉口渴难耐，蹦蹦跳跳见异思迁。俺老丁深知悔之晚矣，吓出一头虚汗，大者如豆粒。有合欢树又称芙蓉，其根部善生绿色大菇，观其状必有剧毒无疑。此菇稍老，伞顶破败如絮，令人再添三分厌恶。岂不知取来晾晒一干，可做冬令之佳品。老七家里小店所贮之菇以该类居多，且据农户反映最抗消化，实为备战备荒之物资。吾曾再三咀嚼以究其因果，发觉此菇梗部韧壮如老牛之筋。李子树左侧常生黄色小蘑，其貌不扬，伞顶平坦如板，并有波浪圆形花纹恰似树之年轮。此物大凉，不可多食，否则大泻如注。苦草根下生一零星小菇，大如指顶，微微腥臭，有小毒。闻听十里外之雇农家小女食后不省人事，昏厥于路旁，被一麻脸车夫席卷而去（注：此案于十五天之后破）。有一种怪菇初生洁白如雪，其形如小小芦笋，村姑多爱采集。此菇其名也怪，单单一个字如同常人呼叹，谓之'嘿'。嘿在幼时鲜嫩娇美不可言说，一到老壮即不可食也。其梗枯瘦僵硬，其顶干结鼓胀,观之如老式烟斗,并果真散布出烟油之味。如有毒蛇追来,采一株嘿扔下则可退蛇于片刻。再有一种菇类很像马兰之花,蓝蓝如小灯亮盏,生成一簇。该菇切不可与韭菜配。曾闻一老者食过此等菜肴,尔后青筋暴起,双目如铃,在街上奔跑三天,逢人便打。有麻斑的蘑菇亦不可食。皆因其麻点为瞌睡虫所啄,啄时留下唾液。食过该菇,必有昏睡,重者再不复醒。有歹人曾将此菇研成干末以备用,作案数起,切望革命群众再加警惕。有一种片菇薄薄无梗,像树叶飘零于潮湿泥土之上,人称其为'瓜干'。取瓜干炒蛋胜似肉片,因能壮阳,故一般同志多喜之。又有小小蘑菇微小如豆,滚动于烂草之间,颗粒呈红黄,有人多疑为蜥蜴之蛋卵。实际上该豆菇营养超群,以做汤为最佳。唯不足处乃不易保管之弊,脆弱如冰,风光之下稍顷即逝,化为一摊白水。有一菇类其状如小人,头颈胸腰皆俱,乍一看眉目清秀。该菇食时下部必除,不然则骚臭难闻,三日后两股生出红色斑点,历久不消。俺老丁曾在柿树下一青石右侧捡得一片红色圆菇,置于掌上,自觉可爱而久久不忍抛弃，携在袖内。回屋后与鹌鹑合烹，食后通体舒适，肌肤明滑润滋。至半夜心情愈加温柔体贴，追忆数十年与同性异性之各种友谊，热泪盈眶。之后数日，观林中少男少女，皆引为亲生之骨肉，欲怀抱亲近拍打以恪尽父泽。我认为此菇必含有益人类之特别怪素，只惜仅此一遇。吾以为蘑菇一物花花点点，实难遍数，犹如人类。优者如英雄模范，劣者如"地富反坏"。性质居中者为多，有益无损，聊可充实饥肠，恰似广大群众。当然群众是真正英雄，在此再缀一笔。至于蘑菇一物是否有性别之分，历来莫衷一是。窃以为万物皆赖此而繁衍，唯菇类可逃耶？否其性别者实为少见多怪之正人君子，躲躲闪闪貌似一生不曾同房。其实大至伟人小至昆虫，原理相通，不必讳饰。君不见有菇艳丽丰腴，生于花草之侧，迎风摇曳，仪态万方？君不见有菇挺直干练，长在石树之间，独立傲视，坚定茁壮？两相比较，不言自明，在此不再赘述……说到林中之菇，虽斑斓无限，然细论也不过七种耳。小砂蘑菇，多产于花生棵下，属菇中珍品。灰包不可食，但老壮之后可敷伤创，堪称一宝。

另有柳黄松板、杨树菇及草纸花，皆可炒可炖。需指出唯草纸花一种，稍老则不可采集，食后全身奇痒。最毒不过长蛇头，幼时金黄可混迹于柳黄，人常误食。少则须发皆脱，多则顷刻身亡。如女书记之夫及小野蹄子所食之菇皆是。分辨之法颇难，常用者以舌舔之梗部汁水，如感微麻则速速弃之……"

文太口齿清晰，一字字吐出来，听者无一遗漏。老丁在一旁闭着眼睛，轻轻随音节拍打膝盖。所有人都不响一声，陷入沉思。参谋长在文太停歇时评述道："这是一部真正的科学！唯一让人担心的是过分深奥，怕是难以普及到群众中去……"军彭打断说："你该知道这是老丁同志几十年经验结晶，是著作。你们要跟群众讲解。不是吗？"参谋长想了想，点头答："也是。"女书记评价说文章很好，尤其是开头一句即肯定丈夫是误食毒菇而亡，很有实事求是的精神，是唯物主义的。不过这也令她追忆起旧时情意，添诸多伤感。

整个下午大家都在寻找小六。参谋长和黑杆子是有枪的人，这时候持枪在手。老丁怕真的发生了不测之事，也从帐中取下了宝剑。几个人分头在林中奔波，老丁与宝物同走一路。他认为唯有宝物具备嗅觉特长，对它寄托很大希望。林子深处昏暗潮湿，青苔滑腻，各种虫类交错奔走。大河蟹抖着绿毛，举起长钳示威。有大鸟在丛林另一面呱呱大叫，见到人迹又飞上最高的树，像石块一样搁在枝丫上。黑杆子粗粗的嗓子喊叫："小六！小六——！你奶奶的，跑到哪去咧？"一群乌鸦大吵着从头顶一掠而过。参谋长从另一条小路抄过来，正好遇上老丁，弓着腰建议说，如果仍找不到，他将命令小村全体民兵出动。老丁拒绝了。女书记紧紧跟在参谋长后边，见了宝物急忙躲闪。女书记衣衫不整。参谋长看到宝物向他暗暗狞笑，就用手拂了一下脸，发觉头发上缠了很多蛛丝。文太在远处召唤老七家里，一会儿两人手拉手从树隙间钻出。大家坐在树下歇息。老丁看看天色，用食指小心地抹着剑刃。他说："我们歇歇脚再找。他必定是藏在林子里……他是逃不脱的。我这里可没有忘记他。我以前告诉过你们，我在这林中一直查访一个仇人——这个人也许早就死了——不过他会留下后代根苗。这个人也是告密的好手，也会买一片化制墨水的颜色。我琢磨这是那个仇人的儿子。我记住了仇人的脸相……"四周一点声息都没有。整个林子都在倾听。大家互相盯视着，紧绷着脸。

天傍黑时，黑杆子发现了一片破碎的蘑菇，接着又看到了一绺头发，发色枯黄，他认出是小六的。黑杆子粗暴的嗓门很快将大家唤到一起。人们在四周勘查踪迹，不久即听到了微弱的呻吟。大家围了过去。

小六蜷曲在一团青草上，嘴角流出了黑色的血。四周全是呕吐物，其中多半是未曾嚼碎的蘑菇，一片片被绿色的汁水连扯着。一股浓烈的蘑菇味儿散发出来。

宝物嗅着呕吐物。老丁托起了小六的头。"误食了毒蘑菇？"小六无力地睁了睁眼。老丁站起来喊："快快把他抬到合作医疗去，快快！天哩，林中人也出了这事……"他让几个人折树枝，又让几个人脱下上衣，将衣扣系好又穿进袖子，两支木杆做成了担架。小六被抬上，疾走起来。老丁一边随担架快走，一边说："小六！你抗住劲儿——一会灌上泻药就好了！哎呀，你在林中吃了多少年蘑菇，还辨不清楚。你到底年轻……"小六的黑眼珠快没了。灰中透青的眼白渐渐翻转到正中。老丁让人停下，大喊着："小六！小六！"小六的手抽搐着扳一下老丁，老丁将耳朵对在他的嘴上。他的声音微弱得没有第二个人听见。然而老丁听得非常明白：

"我不是误食。我是故意……"

小六说完，死在了担架上。

有人呜呜地哭起来。奇怪的气味立刻引来林中无数野兽，它们在四周窥视。巨鸟又一次出现了，在最高的大树丫上蹲着，沉甸甸的。宝物绕着担架跑动，不让任何野物接近这儿。它的细绳般的尾巴摇动几次，偶尔抬头一瞥老丁。"毒蘑菇演化出的故事万万千，俺宝物也通晓一二三……无非是革命干部误食毒蘑菇，自古天下美事难两全……这就是民间事那么小小一段，日月风尘埋下了沉冤。"宝物的脑际又飘过了那阵歌声，它一仰脖子，真的向着吹来的林风狂唱起来。

十

林子里第一次死人,这个人的葬礼还算隆重。下葬那天,场长兼书记申宝雄领着一帮人赶来了。他们全是上次进驻这儿的调查组成员,因而至今脸上还带有一丝晦气。小屋的人对他们都很熟悉,一个一个上前默默地握手。他们带了一个小小的花圈,中央是一簇鲜艳的蘑菇。参谋长和女书记也带来了一些人。整个葬礼都由老丁主持,老人站在高处,那额头比往日鼓得更厉害了。他历数了死者一生大事,对其乳名及生日时辰都记得一清二楚,令人惊讶。再也没有人比老丁更熟悉死者的了。他呼叫着小六,说人固有一死,或重于泰山或轻于鸿毛;小六如果晚死几年也许会重于泰山,现在还不行。不过人死了,开个追悼会,以寄托人们的哀思。"小六啊!小六啊!"老丁呼唤着,泪水从眼眶中一串串跌落下来。他让黑杆子和参谋长一齐放枪,他们照办了。老丁说,今天的葬礼让他想起了战争年代——那个如火如荼的年代啊,那个生生死死的年代啊!多少先烈比如吴得伍同志就是被叛徒出卖身亡——让我们踏着他们的血迹前进吧！老人说到这儿，扫了一眼军彭，军彭大声喊起了"爸爸"。老丁上前扯起军彭一只手，领到众人面前说："看到了吧？这是烈士留下的一个遗孤。如今他在林场继承先烈的遗志了，他的大号叫做军彭。"葬礼结束之后，众人悲切地散去，老丁及小屋的人当晚点起蜡烛，摆上了丰盛的葬后宴。老七家里眼睛红肿地赶来小屋，从怀中掏出两瓶烧酒。老丁一一给人斟酒，摆摆手掌让大家喝酒。他拿起杯子，先洒到地上一点，然后一饮而尽。这是跟小六告别的酒啊，这是多么有劲的酒。肥嫩的蘑菇颤颤地被夹起，抛给了宝物。宝物一下连一下舔着明亮的鼻子。老丁的脸红了，把头转向窗户，背向着大家。文太和军彭叫他，他不应。停了一会儿老人转过脸来，让大家吃了一惊：老人满脸都是泪水。"丁场长！"大家叫道。老丁摇摇头，长叹一声："小六走了。我越来越孤单。我想他啊！他生前是个贪嘴的人，最后还是害在了嘴上。他该早一天听听《蘑菇辨》。我还想国家女师，我心里有火！"老丁说着用力揩掉了泪水，蹲在了木墩上，大声喊着："我早说过，我是天不怕地不怕、一个轰轰烈烈的人。我不知死过多少回,最后都是死里逃生。我的命比常人强硬，一辈子是个反叛人。我反天反地反皇上，一生只信服红军。我的朋友如今都在北京和省里，可我不找他们。我依靠的只是一桩：自己的血性。我自小流浪啊，赤脚扛枪到处跑，没有家没有窝，最后才寻到这片林子。这里是我和吴得伍打游击的地方，是我查访叛徒的地方。我老了，可我心里还有火。我要去找国家女师！她一个人在小学校里，我想她。我要告诉她我一生的磨难、一生的故事，我要领她走上革命的路，沿我和吴得伍走过的芦青河往前闯！我要告诉她，我和她生死在一块儿，一辈子不分开。国家女师！国家女师！你听不到我一个老头子的嗓门吗？你心硬哩！你是我老丁的人，我要扯上你的小手往前走哩。我什么都不怕，我只有一辈子！等到我跟小六在阴间会面那天，我会哈哈大笑。国家女师！国家女师！你听到老丁的嗓门了吗？你听不到，你再也听不到。我老丁送走了一个年纪轻轻的人，我老丁永久不死哩！"老人呼喊着,嫌热似的解了衣怀，

饮下满满一碗酒。文太怔怔地望着老人,不觉间握紧了军彭的手。后来他终于跳起来,伸出拇指叫道:

"你活得英勇啊!你不甘平庸啊!"

一阵雷声震响了窗户,接着浇下了哗哗大雨。小屋在闪电中摇摆不停,一会儿屋内传出了老人的歌声。这歌声是从一张合不拢的嘴里流淌出来的,吐字不清,音域宽广,一瞬间压倒了雷鸣。老人在闪电中摇晃着瘦小的身躯,"啊啊"地唱下去。

又是一个黄昏。

宝物蹿跳在水汽淋漓的林子里,一眼看到了小六的坟尖:一簇簇蘑菇顶伞鼓出新土,被夕阳映得金光灿烂。它有些恐惧地闭了眼睛,轻轻地绕过去。当蘑菇味儿渐渐淡了时,它才重新奔跑起来。

暮色苍茫,树影如山。宝物出巡了……

一九八八年三月至九月写于济南、龙口

附：

童年之梦

——关于《蘑菇七种》

1

它是真实发生的，一切历历在目。这是童年的一个梦，让我感激和留恋。无论世俗的忧烦怎样缠绕，我都要让它连缀和接续。那些图片在朦胧中闪跳，逐渐变得清晰。有时如真似幻，梦境中也就真幻俱录。

人的激情、巨大的激情，有时并非产生于具体和清澈的思想，而极有可能来自一种感觉和意象的记忆。它完全地笼罩了、吸引了视线。频频回首，咀嚼流逝的时光，以此抵御着时时袭上心头的什么。这是人生最有效的安慰。

　　人在一瞬间爆发的、涌现的那一切：感念、恐惧、激情、悲凉……的总和，就是生命的一种真实。可惜我们在总结记录的时刻把它们化解了、省略了和压缩了。于是它们干了，变形了，不再活鲜了。生命在每一阶段特有的光泽应该闪射出来，让它照亮现在的心情。

　　现实存在总是与梦境交织。我回忆过去的时光，总把二者重叠在一起。于是它们就闪烁不定，更怪异，也更丰富，似乎不可思议又包含了最大的真实。是的，闪烁和重叠就是真实。人的时光太急促，一晃就是十年二十年，人与昨天隔开的只是一个梦。

　　要写出这个梦。写出来，表明人的不可淹没、不可屈服和不可欺骗。以此来告诉冥冥中的什么，人是能够展示昨天，剖析像雾团一样的幻影的；人是有忆想、记录甚至玩味昨天的能力的。这正是人的骄傲。

　　要放松地寻找昨天的激动，尽可能地解除对自己的束缚。这种种束缚多得可怕，它使人拘谨地掩饰、战栗地遮蔽、慌促地回避。人没有力量拨开或斩断纵横披挂的荆藤,进入真实的地域。

深深地沉浸其中。那一片水汽充盈的丛林、喧哗和沉默的丛林,证明着更年轻的生命感知。抓住它,推倒所有的阻障,直接地走进那个天地。

2

这副笔墨也许太放肆了。因为童年的禁忌总是少得多。我还记得在林场时的欢娱,那里给我的全部神秘的吸引。林中老人、少女、男青年,他们与我不可思议的交往。那里简直是另一个世界,它与眼下的生活相去如此遥远。它是一个完整的、与外部世界丝络相连又独立自主的一个天地。它有自己的系统、规范,甚至有自己的君王。

那个神奇的、征服了童年的君王,让我感激又让我仇恨。他有巨大的活力,这活力至今还强烈地感染我。仅此一点他是可爱的。他活得太兴味盎然、太阴毒也太天真烂漫了。我喜欢关于这个君王的一切。

他的故事，故事背后的故事，我都喜欢。他有了不起的嗜好、偏执，他有令人着迷的说服力和想象力。

我一直觉得曾经被这样一个老人领导过。他在那个天地里是不容侵犯的，无论是谁，只要进入那儿，就要俯首称臣。为了自尊，一个人可以不进入那个领域，那是他的领域。但是每个人都有与生俱来的好奇心。我也一样。我一而再、再而三地进入他的领地，原因就出于此。

关于他的故事安定了我的过去和后来，起码在今天想起他的时候，觉得生活这样有趣，简直是斑斓极了。现在各处首领很多，为什么就缺少那时的意趣？原因复杂，想了想，不外乎是他们比起林中那个老人来，更少一些才情。

他们缺乏那样的一种情怀，不幽默。林中君王好得坏得出奇，但总算纯粹，有时可谓挥洒自如。他能够深深地沉湎，心性奇特。他有强大的爱力。有爱力的人是最终不可忽视、也不会被淹没的。

那些冰冷如铁如枯木的人，他们极有可能是些"完人"，但没有激情，没有魅力，没有值得让人记忆的东西。他们没有真实地、骄傲地活过。他们是转瞬即逝的屑末。

我研究了一个有爱力的、有时又让人憎恶的人物。他使一片丛林变得高深莫测，幻影闪烁。他现在是被我审美地理解着。我遥遥观望他，难以评说。我甚至把与之有关的一切都看成了他本人，包括光和影。

3

我较少像那个时刻一样地松弛和兴奋。我在回忆中更多的是感到了美好。人生是美好的，自然是美好的，其中包含的悲哀和痛苦是美好的。因为一切都在蓬蓬勃勃地生长，它们与我的童年连在一起。

那时候落地的叶子再也拣不到了。当时的一切都化为了痴情之歌，让我唱个不休。匆忙紊乱的昨天，纯洁简单的昨天，无论如何我是回不去了。我爱昨天，爱其中的青春气息。我深深地爱。

正因为如此，凡能够真实地重现昨天、真实地表露自己的，都让我分外珍惜。

生活和人一样，应该洋溢着活力。我向往和寻找这样的状态。我的记录和忆想也应该充满活力。

活力会冲决规范；这冲决的结果就是无规范的和谐。活力应是向上的、生长着的健康之力，而不是对时光的嫉恨。

健康的人，即便衰老了也仍然拥有强大的爱力。爱力推动创造，也推动寻觅和理解。

1995 年 4 月 25 日